井上靖

『猟銃』の世界

詩と物語の融合絵巻

藤澤 全 著

大空社出版

FUJISAWA Matoshi

The World of INOUE Yasushi's

"The Hunting Gun"

The Fusion of Poetry and Narrative

プロローグ

主題を叙情で包み人生の裂け目に照準

名作の本棚を飾る孤高の一篇、過ぐる三十代（戦争の時代）の沈黙期間中に考えていたアイディアの芳しき達成、生みの親である井上靖を戦後文壇へと押し上げたロマネスクの新種——。然り、小説『猟銃』は、平明にして奥深い大作である。かりに《文芸評価の国際基準》なるものがあるとなれば、この小説こそ第一級の扱いになりはしまいか。（靖がたびたびノーベル文学賞候補に上がったとされるが、このことと無関係ではないように思われる。）

かって純粋に小説の素材だけで組み立てたいとした、世俗超脱の野心作——人生の裂け目に照準せる閃光が、比喩立ての「蛇＝人間の業《ごう》」を炙り出す孤独の絵巻きゆえ、夢幻能的な光芒にも深みと重みがある。しかも、ポエムとロマンが融合。美的な装飾ともいうべき言い回しの効いた、詩語の謎解き（主題の発見）とあいまって、配合をみた手紙の効能を感得することが、即、われわれにとっての読みの楽しみとなっていくのだ。この人間実存の物語は、各種の言語に変換されて、文字通り国境の壁なく読者を得ている。(1)

わだつみの彼方での演劇化も進んだ。やはり翻訳の広がりと連動していて、一九五八年（昭和三三）に刊行をみたドイツ語訳書、一九六一年（昭和三六）のフランス語訳書・英語訳書によって気運が乗じ、情報によると今に至るまでに、ドイツではいくつもの州に所在の劇場で繰り返し上演され、フランスでも話題の動きとなった。また、カナダのケベック州では大評判を博した。そのモントリオールの劇場バージョンのうちの、中谷美紀主演バージョンが、そっくりそのまま日本に移され、東京―兵庫―新潟―福岡―名古屋―京都を巡演した。五年後に再びこれの順序で国内各地を巡ったことは記憶に新しい。

二〇一一年（平成二三）に、モントリオールの舞台演出家のフランソワ・ジラール氏は、日本初公演時の案内冊子「猟銃」（平成二三）中で、次のように語っている。

この小説こそ、もっとも優れた傑作である。他にもいくつか名高いテクストに触れたが、『猟銃』の完璧さに匹敵しうるものは一つもないし（フランツ・カフカの『審判[2]』を例外として）、今もまだその完全さに驚かされている。哀れな穣介を窮地に追いやる三人の女性によるプリズムの戯れは、井上の天才的な資質を際立たせている。しかし彼はごく簡潔に書き、謙虚さのヴェールでその天分を隠す。

『猟銃』の優れた美点の一つは、普遍的な遠近法の中にドラマを投影しながら、きわめて日本的な登場人物たちの現実を提示し、魅惑的な日本文化の肖像を作り出したことである。

小説『猟銃』を世界文学のレベルと認めての発言である。仕事柄、舞台劇として取り上げる動機を秘めているとは言え、文芸批評としても本格的であり、非常に興味深い。カナダ国籍の彼の場合、原作を日本語で読んだとはならず、フランス語訳か英語訳によっていよう。欧米圏での関心が高い分、これが主として西欧人の哲学的な目線にかなう、本質的な魅力を内蔵しているからに相違ない。国内での早々の映画化や、舞台化・テレビ映像化などが相次いでいるのも、同様の理由であろう。不朽の名作でありながら解き明かしの進まぬ、その限りで研究が急がれる注目の一篇である。[3]

＊

小説『猟銃』は難産の子であった。四〇〇字詰め原稿用紙で約一〇〇枚ほどのものを第一稿とし、これの手直し原稿を井上承也のペンネームで、鎌倉文庫から出ていた雑誌「人間」の「第二回新人小説募集」（昭和二三年一月末日締切）に応募したが、惜しくも選外佳作にとどまった。しかしあきらめず、さらに筆を加えたものを、当時、和田芳恵が編集していた雑誌「日本小説」へと送ったが、同誌が発行直前につぶれてしまい、またしても宙に浮いた。

かくなる不首尾のなか、新たな職場（毎日新聞東京本社書籍部）の若い同僚の協力があり、原稿はいったん佐藤春夫の手許に置かれた。それからは、大仏次郎（「苦楽」編集）の手を経て上林吾郎へと渡り、今日出海、亀井勝一郎らの了解があってようやく「文学界」昭和二十四年十月号に実名で載った。自伝「私の履歴書」によると、「編集長の上林吾郎が、次号に乗せると言ったのを受け、[4]一旦「原稿を受取り、三、四日かけて最後の手入れをした。それでも気に入らないところがあって、ゲラになってからも、凸版印刷の校正室まで出掛けて行った」とある。編集者の上林吾郎は「後記」で「本号の井上靖氏の、気品と迫力あるロマン『猟銃』は、必ずや諸賢の御期待に応へるものと思ひます」と書いている。

　難産であった分、生みの親である靖にとっては、いとしくて感慨

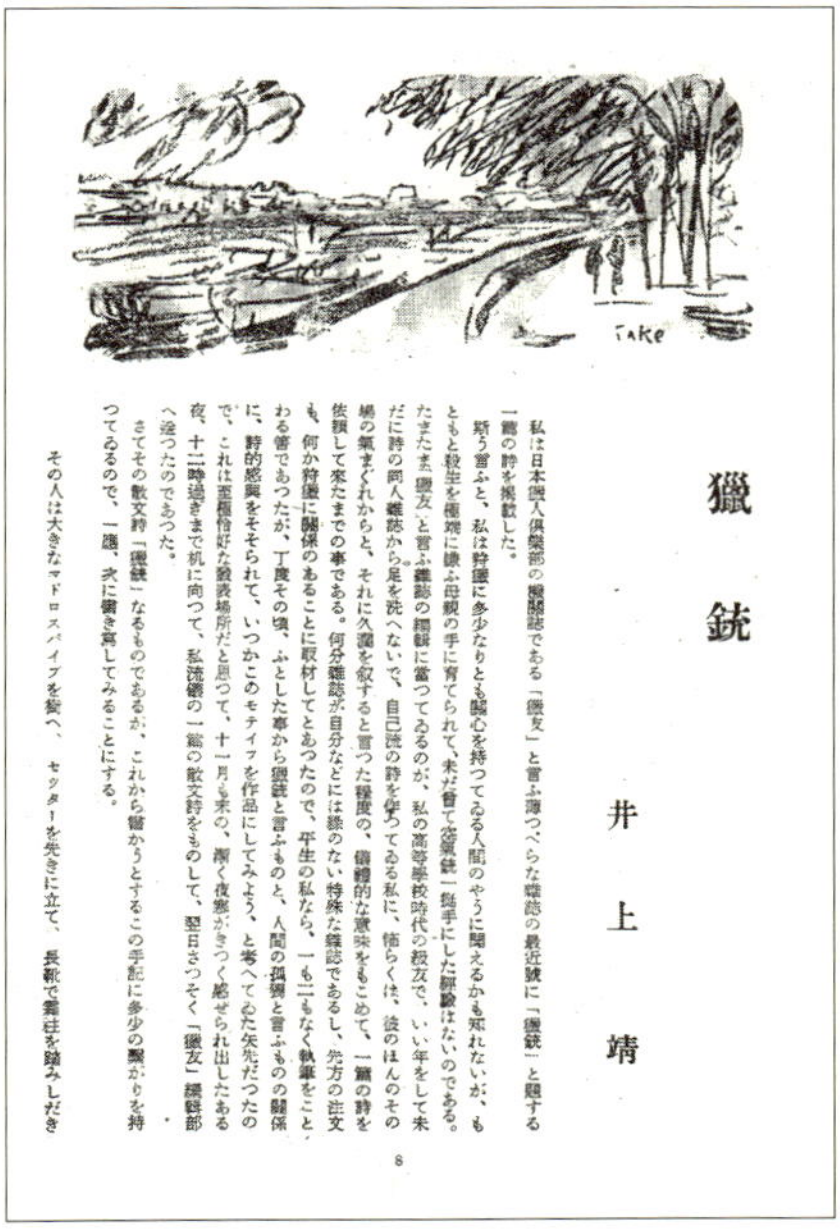

獵銃

井上靖

私は日本獵人倶樂部の機關誌である「獵友」と言ふ薄つぺらな雜誌の最近號に「獵銃」と題する一篇の詩を掲載した。

斯う言ふと、私は狩獵に多少なりとも關心を持つてゐる人間のやうに聞えるかも知れないが、もともと殺生を極端に嫌ふ母親の手に育てられて、未だ曾て空氣銃一挺手にした經驗はないのである。たまたま「獵友」と言ふ雜誌の編輯に當つてゐるのが、私の高等學校時代の級友で、いい年をして未だに詩の同人雜誌から足を洗へないで、自己流の詩を作つてゐる私に、恐らくは、彼のほんのその場の氣まぐれからと、それに久濶を叙すると言つた程度の、儀禮的な意味をもこめて、一篇の詩を依頼して來たまでの事である。何分雜誌が自分などには縁のない特殊な雜誌であるし、先方の注文も、何か狩獵に關係のあることに取材してとあつたので、平生の私なら、一も二もなく執筆をことわる筈であつたが、丁度その頃、ふとした事から獵銃と言ふものと、人間の孤獨と言ふものの關係に、詩的感興をそそられて、いつかこのモティフを作品にしてみよう、と考へてゐた矢先だつたので、これは至極恰好な發表場所だと思つて、十一月も末の、漸く夜寒がきつく感ぜられ出したある夜、十二時過ぎまで机に向つて、私流儀の一篇の散文詩をものして、翌日さつそく「獵友」編輯部へ送つたのであつた。

さてその散文詩「獵銃」なるものであるが、これから書かうとするこの手記に多少の繋がりを持つてゐるので、一應、次に書き寫してみることにする。

その人は大きなマドロスパイプを銜へ、セッターを先きに立て、長靴で霜柱を踏みしだき

8

井上靖「猟銃」初出「文學界」昭和24年10月号
文藝春秋新社

のともなう第一子であったものらしい。「発表するのに難渋した不幸な作品でしたが、今では『猟銃』は一番幸運な作品でありますす」とは、発表十八年後の、ハワイにおける座談会での発言である。（付章の「ハワイにおける『猟銃』座談会」参照。）

＊

後日談がともなう。すべて佐藤春夫の恩義によると感じた靖は、以後、春夫を「先生」と呼び、日を経て（昭和三八年六月）企画された春夫夫妻の北海道旅行に、ふみ夫人同伴で付き合った。そして、春夫の遺稿集『わが北海道』（昭和三九・六）の後書きの筆を執った。また靖は、七十二歳でみまかった春夫を悼み、散文詩「佐藤春夫先生の耳」(5)を霊前に手向けた。『猟銃』が世に出た後の、なお続いた裏面史である。

目次

井上靖『猟銃』の世界
詩と物語の融合絵巻

プロローグ

1章　物語に点灯　精密な作立て

凡例

・井上靖作品の引用は、「猟銃」を含め『井上靖全集』全二十八巻別巻一巻（新潮社、一九九五年〜二〇〇〇年）に拠った。

・引用文中の〔　〕は、引用者による補足であり、〔…〕は省略部を示す。また、原則として漢字は新字体を使用し、仮名遣いは原文のままとした。

1章

物語に点灯

精密な作立て

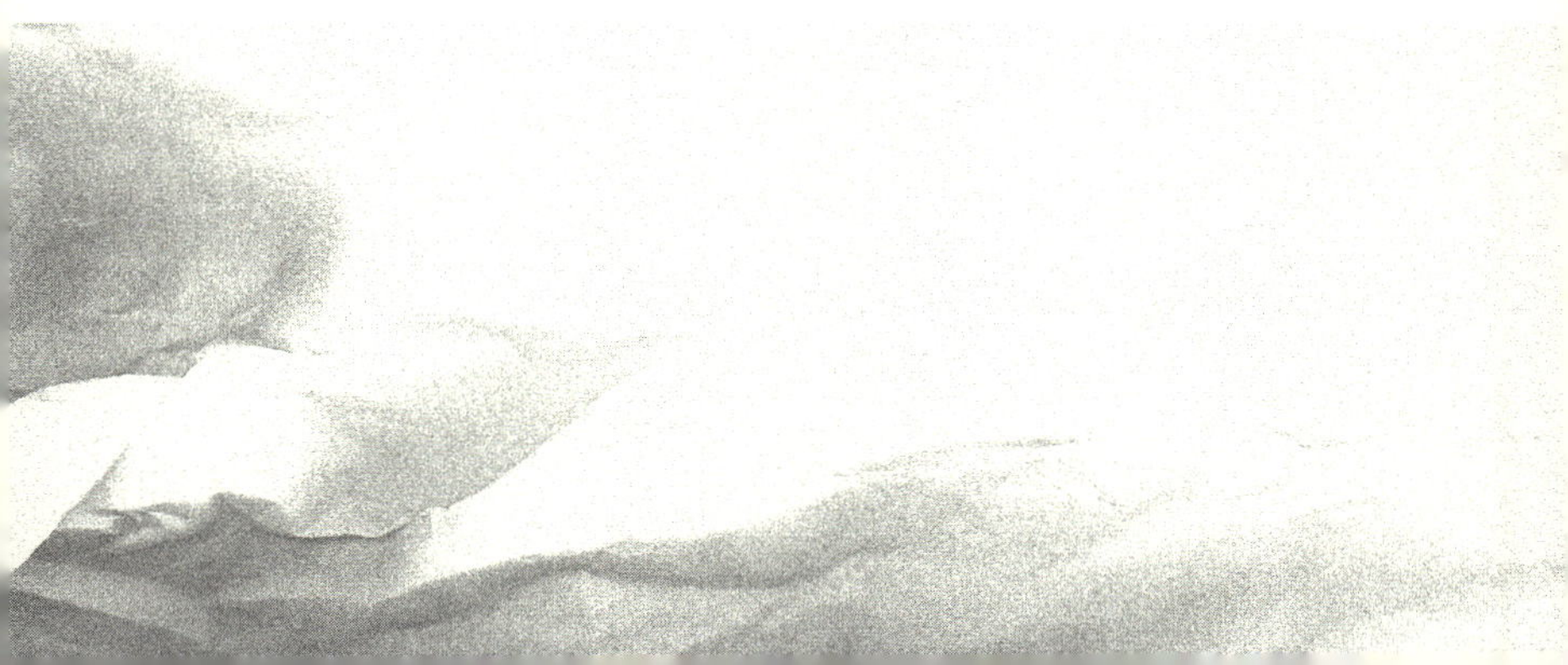

一　いかなる作品か

文学史上の前衛作『猟銃』は、詩と物語の融合による、喜劇素のともなう新悲劇である。短篇なので壮大なスケールをなさないものの、ストーリーとして抱えているものが、人生を考量せる原理の追求にして、人間の内なる「業《ごう》」を核とする、愛や不倫や不条理といった実存上の問題なので、そのロマネスクの世界は含蓄に富む。一種の哲学的な小説であり、時空を超えて生き続けている。いつまでも、どこで読んでも新鮮とされる理由である。

作品の内界を覗くとしよう。自作の詩に関する語り出しを受けて、例えば、三次元の透明な容器の中に人間関係の葛藤事情が《手紙》としてあり、これの受取人＝焦点化している人物が、狩猟趣味の自分を詩界の光景に入れてくれた詩作者の〈私〉宛に、わざわざ送って来た手紙を語りの動機とする手記、すなわち一人称の独白の世界、過去が現在に干渉する世界として開けている。

それも一幕五場の結構なので、キーワードのはまる第一場でしっかりと語りの要件を整え、第二場・第三場・第四場を手紙の書き主、つまり三人の女性による各《私語り》の場として設営、最後の第五場にて再び本来の話者〈私〉の語りに戻るという、語り手の振る舞いまでもが精妙である。しかも、その第二場から第四場までの三ステージが、いわゆる《序・破・急》といった曲風をなす。出番を得た彼女らは、生命を吹き込まれた人形が口を利いているようでもある。劇的にして現実離れが著しい。

かくなる詩的な幻楼の新世界――そこに流れている開示された時間は、現在（終戦直後）からさかのぼっての、日本が国際連盟を脱退した直後までの約十三年間（さらに詩作・発表・ここでの語りに要せるまでの時間＝約五ヵ月が加わる）である。主たる登場人物は、語る〈私〉と手紙の関係者四人＝男性〈三杉穣介〉および女性〈薔子・みどり・彩子〉で、相関関係でみると、二つの枠に分別される。一枠が〈三杉〉と彼に宛て手紙を書いた〈薔子・みどり・彩子〉の組み合わせ。二枠目が重なっての〈彩子〉と、彼女が忘れられずにいる出番のない〈門田礼一郎〉および〈薔子〉という、元夫婦と実の子という不在と見在のつながりである。

二　ストーリーの概要

独白者の前口上――「ふとした事から猟銃というものと、人間の孤独というものの関係に、詩的感興をそそられて」いた私は、久しぶりに再会した旧制高等学校時代の級友（日本猟人倶楽部の機関誌「猟友」を編集）から寄稿を頼まれた。そこで晩秋の天城の間道ですれちがった猟犬連れの狩猟者の印象をモチーフに詠んだ、一篇の散文詩を送り届けた。次の「猟銃」[6]で、これは「猟友」誌の最新号に載った。

その人は大きなマドロスパイプを銜《くわ》え、セッターを先に立て、長靴で霜柱を踏みしだき乍ら、初冬の天城の間道の叢をゆっくり分け登って行った。二十五発の銃弾の腰帯《バンド》、黒褐色の革の上衣、その上に置かれたチャアチル二連銃、生きものの命絶つ白く光れる鋼鉄の器具で、かくも冷たく武装しなければならぬものは何であろうか。行きずりのその長身の猟人の背後姿に、私はなぜか強く心惹かれた。

その後、都会の駅や盛り場の夜更けなどで、私はふと、ああ、あの猟人《ひと》のように歩きたいと思うことがある。ゆっくりと、静かに、冷たく――。そんな時きまって私の瞼の中で、猟人の背景をなすものは、初冬の天城の冷たい背景ではなく、どこか落莫とした白い河床であった。そして一個の磨き光れる猟銃は、中年の孤独なる精神と肉体の双方に、同時にしみ入るような重量感を捺印《スタンプ》しながら、生きものに照準された時は決して見せない、ふしぎな血ぬられた美しさを放射しているのであった。

詩「猟銃」が、機関誌「猟友」の最近号に載って間もなく、〈三杉穣介〉と名乗る人物から直々の手紙が届いた。しかも別便には、本人宛の女性の手紙三本が入っていた。要するに、叙事的な〈私〉の作品に対する純粋な反応といえるもので、その主旨は、「私という人間が覗き見た貴方の所謂《いわゆる》『白い河床』なるものが、如何なるものであるか知って頂きたい」というもの。読後は破棄してかまわないともあった。そこで〈私〉は、彼の手による抹消部分などを配慮し、いったん清書し直した原文を、新たな気持ちで読む（語りの代用）ことになる。（以下、手紙の要約――）

[薔子の手紙]　自殺した母〈彩子〉の葬儀を済ませ、後始末の件で世話になったことへの謝意と、私事に関する長文の書状。——この中で、母が亡くなる直前に預かった彼女の「日記」を焼き捨てたが、実はこれを内緒で読んでしまったこと。両親の離婚事情の悲しさ、父〈礼一郎〉に対する記憶の希薄さ、母子家庭、義理の叔父〈穣介〉と母〈彩子〉との許されない関係、叔母〈みどり〉と母との確執の事情に心が痛んだこと。ことに〈穣介〉と母との《祝福されない愛》を知り、その《愛の昇天》が悲しく思われたこと。そして、母がいまわの際に「いま毒を飲みました」と言ったが、「そう」といった会話を交わしただけで、その時出なかった涙がいまごろになって流れること。——このようなことが、悲しい過去を断ち切る覚悟として綴ってあった。

[みどりの手紙]　妻から夫〈穣介〉へ宛てた長文の書状。従姉〈彩子〉の葬儀が済んだ後の一方的な《離婚宣言》の形をとる。この中で、貴方と〈彩子〉の不倫関係が十三年も続いていることが憤ろしかったこと。自分も浮名を流すようなことをしたが（深い男女関係なし）、これは反撥であったこと。数日ぶりに帰宅した時、硝子戸に映った「猟銃」の銃口が〈私〉に向いて

いたのがショックだったこと。亡くなる前の〈彩子〉との会話が、十三年前から知っていた夫との不倫関係で、あの隠密熱海旅行を尾行して目撃した、「納戸に薊《あざみ》の花がぱあっと浮き出たお結城の羽織」の件であったこと。もう夫婦の関係を打ち切り、二か所にある別荘をいただきたいこと、等々が記されていた。

［彩子の手紙（遺書）］　一番先に認められた手紙で、これを手にする〈三杉〉には、天国からの声として届いている。――貴方との付き合いが命がけのことだったこと。従妹の〈みどり〉に知られてしまった今、死んで詫びるより仕方がないこと。それで、つけていた「日記」にも記さなかった、本当の自分の心を知っておいてもらいたいこと。自分は前夫〈門田礼一郎〉への愛を捨て切れずにいたこと。だから貴方との付き合いは〈門田〉を忘れるためだったこと。こうした〈私〉であったのに貴方は優しかったこと。それが心の支えであり、罪深さの自覚を深めたこと。（愛とは何でありましょうか）。十三年間の「日記」（罪の懺悔録）を破棄し、すべて何もなくして旅立つこと。楽しい想い出ありがとう。――といったことで文面が埋め尽くされていた。

手紙を開示した〈私〉は、読者の読みに伴走するように自分も読み終えたものの、あえて自らの「感懐」を述べるには至っていない。ただ心のふらつきを明かし、省線電車の「スパーク」の射し入った窓辺に寄って「中庭の闇」を覗き込む。そして「そこが三杉の所謂《いわゆる》彼の「白い河床」ででもあるかのように」感じ入るのみであった。しかも、発する言葉を続け得ないまま和解のない舞台を閉じ、明りの消えた闇へと沈んでしまう——。

これが表現の冒険、プロットの骨格である。詩「猟銃」の作者が語り手の位置についた事情を含め、全体が〈私〉による〝地の文〟と、挿入せる〝手紙文〟によって成り立っていることがわかった。しかも、〈私〉のテーリングの中に〈三杉穣介〉なる人物の〝手紙文〟が包含されてしまっているので、詩句「白い河床」に誘発をみた彼の主意は、〝間接話法〟の形をとっている。これに対して三人の女性による三本の手紙は、ダイレクト・スピーチ（直接話法）として各々端然と据えられてある。これに〈私〉のコメント問題が絡んでの、練り上がった構造体であるが、如上を補完するべく、作者によって想意をみた物語の構造計算式なるもの、すなわち、登場人物の系図、および物語の基本構造＝立体構造図なるものを、明解にしておきたい。上掲と次ページのがそれである。

人物関係図

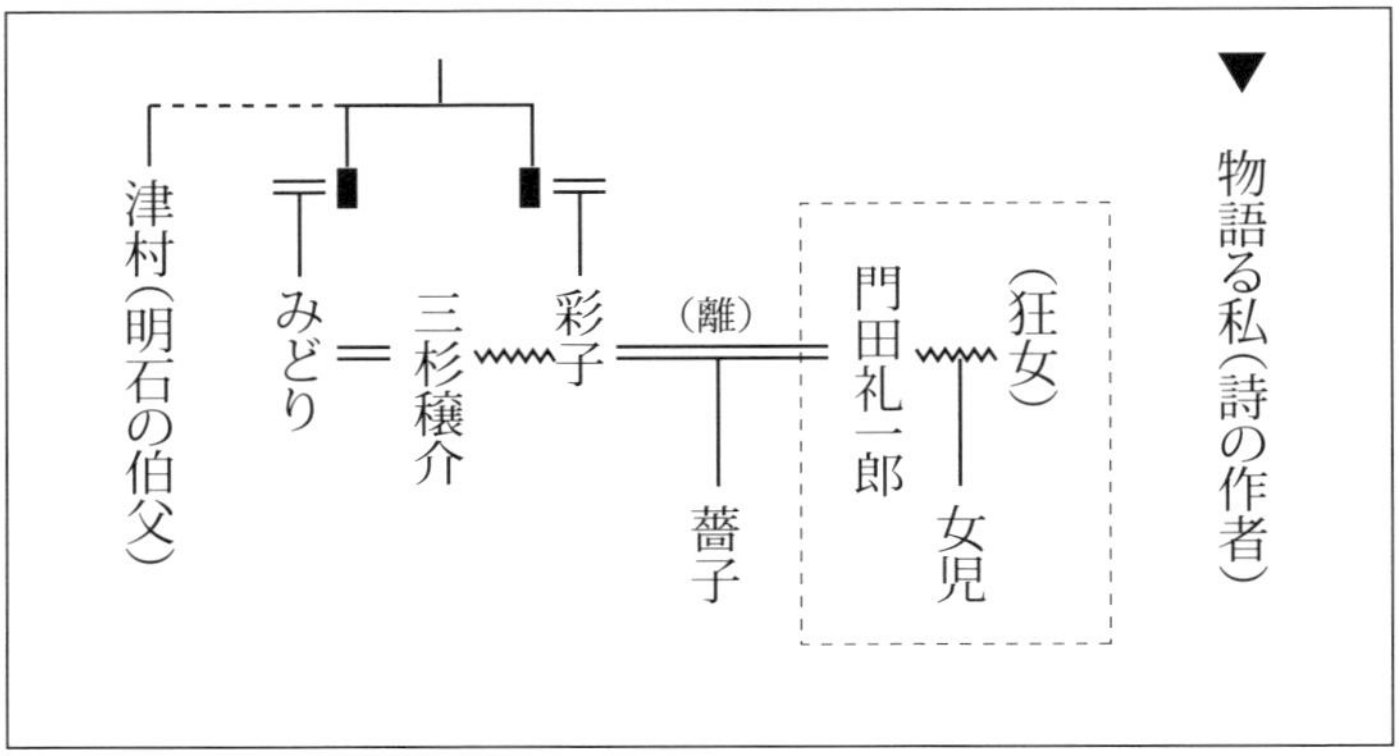

三　創意と作立ての間

全体が四百字詰め原稿用紙で約一一〇枚ほどから成り、そのほぼ九割が女性たちの手紙（各三十数枚）なので、分量的には、これら三本の手紙が太い幹をなしているのは確かだ。しかし、独立したストーリーの合掌体ではないので、いわゆる掌篇三篇によるオムニバスの形状体をなさない。

あくまでも主役たる〈私〉の、テーリングに不可欠な基幹の各パートにして、主題を紡ぐ内在事情・要件

小説『猟銃』の基本構造

詩人の私が天城の猟場へと続く道で一人の狩猟者とすれ違う

1　そのことを題材に詩「猟銃」を創作して編集者へと送る

2　当該の散文詩が日本猟人倶楽部の機関誌「猟友」に載る

3　「猟人」の素材人物が三杉穣介と名乗って手紙で出現

▼「貴方の所謂「白い河床」なるものが、如何なるものであるか知って頂きたい」

▼別便で三人の女性による三本の私信が届く

詩人の私から物語る私へ（読後破棄をとある手紙に点灯）

1　三人の女性による三本の手紙の内容

▼「薔子の手紙」

▼「みどりの手紙」

「日記」（三杉との愛情・不倫関係の秘密）

＝

▼「彩子の手紙（遺書）」

・門田礼一郎への残愛を告白（心の最大秘密）

2　三杉穣介という男の因果な炙り出され方

3　比喩としての「蛇」に人間の本質を思惟

▼電車のスパークの射し入った窓辺に寄って中庭の闇を覗き見る

〈「白い河床」に関わる内界〉←〈詩から物語へ〉

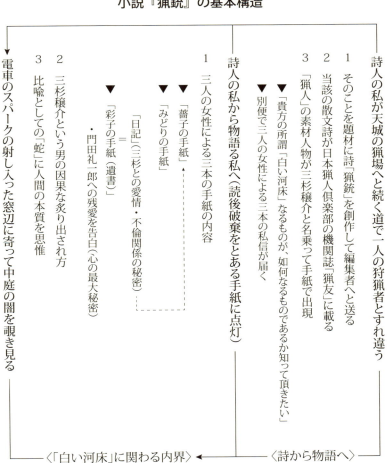

の具有部なのである。手紙の仕立てとあいまってまことに独特である。文学史上、サムエル・リチャードソンの『パミラ』(一七四〇)、ジャン・ジャック・ルソーの『新エロイーズ』(一七六一)をはじめ多くの書簡形式の小説が知られているが、この一作はまったくの新種である。クオリティーを気遣った作者の気概とともに、いつまでも時空の中を生きていく——。

すでに見てきた筋に至るまでには、作者に周到な準備があったことを窺わせる。「愛・不倫・罪・神・裁き・審判・酬《むく》い・孤独・懺悔録・死・魂・悪魔・遺書・昇天」等々の言葉の氾濫を見るにつけても、若き日の作者が、親しんだ西洋の文化・文学から受けた影響とも思えるようなものが、また新たに作者の《創作言語》となって独自化し、創意を活気づけたと思われるのである。

＊

書きたいとしたことが、ファシズムと軍国主義を嫌悪して萎《ちぢ》みきっていた、戦時中の十年におよぶ休筆期間のうちに見つかっていたようだ。このことを窺わせるものに、短いエッセイが二篇存在する。いまだ『猟銃』が原稿状態にあった時点での「期待」(「風物」昭和二三・一〇)と、世に出て三年後の「猟銃」（「北国新聞」昭和二七・一一・一二朝刊）である。前者のそれには、次のようにある。

戦争中一度、私は十何年か振りで、全く偶然に北陸線の汽車の中で、猟銃を肩にし、銃弾のバンドをしめたKに会った。私の脳裡にやきついていた若い日のKとは全く異つた彼の風貌だつた。冷たく落着いた眼差しは往年の秀才Kと変らなかつたが、全体の印象は全く別人のようであつた。〔…〕どこか憂鬱な淋しそうな影が、彼の長身に重くのしかかつていた。近頃猟にこつていますよ、猟天狗という奴は、猟銃の重みが肩にかゝつていないと、落着いていられないものでしてね。五分程の短い間に彼はそんなことを話し、あわただしく乗り込んできた次の駅で降りていつた。〔…〕銃身の白く磨き光つた一個の猟銃の冷たい重みを必要とするKの精神の傾斜を想像すると、それがいかなるものに基因したか知る由もないが、もう彼と花々しい社会的な活躍とは、どうしても結びつけて考えることのできない無縁なもののように思われた。

語る〈私〉が靖自身とみなし得るので、本人の原体験＝身辺の出来事や感想をスケッチ風に綴ったものと解し得る。（列車内で出会った旧友の変貌ぶりに思惟が及んだとあるところは、後日の創作活動にも反映。とりわけ『あすなろ物語』の第六章「星の植民地」における、家族を疎開させて帰る列車内での旧友〈犬塚山次〉との再会と思惟の語りへと発展。）もう一方の題「猟銃」では、次のように綴られている。

私は幼少時代を郷里の伊豆で送っている。天城山のふもとである。猟の解禁期になると、都会から猟人たちが、そのころ二、三軒しかなかった温泉旅館のどれにも一人や二人はいたものである。村にも何人か銃を肩にする人がいた。いずれも村の猟師たちは精かんな顔をしていた。子供心に私は猟銃を肩にする人に、何か特殊なものを感じていた。子供の心をひく何か魅力がある。〔…〕

私の作家としての第一作は猟銃という題の小説である。猟銃を肩にする人の特殊な心境をとり扱ったものであるが、これは幼少時代から村の猟師からうけとっていたものである。〔…〕銃を肩にする人々の顔の精かんな魅力は、私には孤独というものと切り離して感じられなかったのである。現在の村の狩猟家たちの場合はもちろん違うが——

これらの叙述文により、詩「猟銃」から小説『猟銃』へという連関のスカイラインまでもが開ける。『猟銃』の冒頭部のモノローグ——「ふとした事から猟銃と言うものと、人間の孤独と言うものの関係に、詩的感興をそそられて、いつかこのモティフを作品にしてみよう、と考えていた」とあるところに照応、創意の奥をも覗かせている。

構想から起稿へ。かくして十分に発酵をみたイメージを、まずはリズムのある散文詩型に詰め込み、次に、それなる秘術の成果としての叙事詩を、物語という大枠の中へと連れ出して語る形式の散文世界の創出となった。まことに趣向の凝った幕劇であると言うべく、これこそが、作者が狙った戦略的な作立てであったのである。

四　三人の女性による中年男の炙り出し

　さて、作中にはまる三本の手紙に注目したい。人格や欲望が絡む愛（フロイトの精神分析学では生の本能）をキーワードに、三人の女性が一人の同じ男に向かって言葉を書き連ねた結果、おのずと炙《あぶ》り出され、丸裸にされてしまったのが〈三杉穣介〉であった。

　むろん、本人の弁明がかなわず、一方的に宙吊り状態にある。詳しくは後述するように、プライバシーの剥奪にあっているのだが、皮肉なことに、そのように苦情（別れ）を申し立てている彼女らとて、自分たちのプライバシーを犠牲にし、相互の関係性までもが喪失するにいたっている。彼女たち三者によって吊し置かれた忸怩《じくじ》たる自己――。このひび割れた情況から滴る深い嘆息と悔やみと悲しみが、真に〈三杉〉の内奥を占めたとき、彼は、そのタイミングで出会った詩作者である〈私〉の表象語「白い河床」に、素直に反応出来たとなるのである。

　ここまで追ってみると、配せる脇役を彼女ら三人に絞り込み、しかも〈三杉〉が回し送ってきた手紙による出演となっていることも、主意を透かす。他にキャラクターを必要としない、否、さらに役者があっては困る（三人で十分だから）少人数劇であることとて、かくなる限定において三者三様の立場で〈三杉〉を炙り出し、彼をして例の「白い河床」なるものに反応させたのだ。そのための《機能》として、彼女らは揃いもそろって筆が立ち、能弁で感情が豊かで、懸命に自己たる〈私〉のモノローグの場＝手紙の形で声を出しているのである。痛々しく、涙ながらに――。

五　媒介地としての伊豆

手紙の発信地と着信地にも留意を要する。女性たちの手紙がともに伊豆へと発信されたのであるが、これはどういうことなのか。一義的には〈三杉〉が「伊豆旅館」に留まったまま、芦屋の自宅に戻らないことによる。しかし実のところ、もう待てないという理由が彼女らにはあったのだ。

不本意な喪主となった娘の〈薔子〉の場合、母の遺品を点検中に発見された手紙＝遺書を、早く〈三杉〉に届ける必要があったこと。彼女自身も、この義理の叔父に伝え申すべき事柄がたくさんあったこと。一方の〈みどり〉においては、いつまで経っても自宅で話し合いが出来ないことへの苛立《いらだち》から、面と向かっては言いにくいことまでも筆に託し、毅然と離別を申し出るという動機を秘めた。

しかして、それらの手紙が伊豆に留まる〈三杉〉のもとに届いた結果、その中味の凄さゆえに、彼は言語に尽くせぬダメージを受けたのであった（語られていないが）。なおも滞在して山麓の猟場へと出かけた理由である。狩猟は本来楽しいはずのものであったが、いまや心の弱まった本人＝「現在の天涯孤独の身」にとっての猟銃は、「私の肩になくてはならぬもの」になっていた。淋しい己を支えるために「鋼鉄の器具で、かくも冷たく武装しなければならなかった。顔の表情に現れるほどの、深刻な憂愁情態に陥っていたのである。

そんな中でのすれ違いだった。以来、五ヵ月ほど経っているのだが、あの時の狩猟者が、猟犬を連れて泊まっていたのも「伊豆旅館」だったものか。繰り返すが、自宅に居ないということで姪の〈薔子〉が自分の母の手紙（遺書）を郵書とし、肝心の妻〈みどり〉までもが書信とした、その宛先が、同旅館であった。途中で抜けることがあったにしても、〈三杉〉は、おおむね伊豆に留まっていた（いる）と知れる。この延々とした自宅離れ、あるいは伊豆好みは、おそらく心理の奥に一つの固執の核のようなものがあってのことのように思われる。語る〈私〉の詩語に還元するならば、もはや自明の「白い河床」にほかならない。

すでに知れたことだが、〈三杉〉は宝塚（兵庫県南部）と八瀬（京都市左京区）の二ヵ所に別荘を所有している。そのいずれにでも逗留できるのに、あえて伊豆を滞在地とした裡には、狩猟の楽しみに加え、そもそも伊豆が気に入っていたからにほかならない。（この伊豆好みの部分には、作者の故郷意識が投影。）セッター犬を連れての長期滞在自体がよくよくのことだった。その尋常とは言えぬ身の処し方は、〈三杉〉の手紙を受け取った〈私〉とて感知し得えたかどうかは判然としない。しかし、語りの調べにのらないといえども、伊豆には、ひとり〈三杉〉のやるせない《心的内劇》が滞留していることを、押さえておかなければならないのである。

＊

伊豆は物語を媒介するトポスであった。（横光利一の恋愛心理事件もので、伊豆を舞台にした小説『寝園』〈昭和五・一一～七・一一〉とは、猟師・猟銃・猟場といった点での重りがみられるものの、その作立てから主題まで完全に隔たる。）ここでの伊豆は、あくまでも詩作を動機づけた、叙事的要素を叙情でまぶす、語りのための材料の媒介・発信地にして、本舞台を向う岸とする裏舞台＝沈黙のステージとして機能している。

六 「猟銃」の詩界から物語の海へ

詩「猟銃」の創作現場（書斎）に舞い込んだ四本の手紙のうち、女性による三本は、まったく関係のない第三者の手に渡ることなど想定されてもいない、究極の私信である。それぞれに〈三杉〉との間にだけ成立する、痛々しいコミュニケーションの形（文書）であった。それなのに〈三杉〉は、自分の「白い河床」問題のために《信義誠実の原則》に反する行動に出た。発信者である三人の女性に気づかれようがないからといって、なんとも寒々しい。エゴ丸出しの〈三杉〉は「悪人」（「薔子の手紙」）＝「悪魔に魂を売り渡した人間」（「彩子の手紙（遺言）」）

のタイプとなり、あとで彼自身の言葉として自明化する「蛇」の比喩に対応、どこからも救済の手が伸びていそうにない。この淋しさにおいて〈三杉〉は詩を書いた〈私〉の手許へと手紙を送って来たのであった。

かくして詩中の「猟人」の素材体である〈三杉穣介〉の悲嘆話となり、修羅のステージが本格的に開かれるのである。その比喩としての、コーディネーター兼全体の語り手が〈私〉で、内部の葛藤劇の台本兼語り手が、当該の女性たちによるものであった。この物語は憂き人〈三杉〉あってのものなのである。

詩「猟銃」のエスプリに心が動かされた〈三杉〉の、詩の作者である〈私〉に対する接触のかたちは尋常とは言えない。たっぷりと伊豆の芳醇な自然に身を寄せ、心の傷を癒し続けているのではないか。同地にゆかりのある〈私〉とて、想がはずむというもの――。表現の衝動を得た〈私〉が、ポエットから物語る人へと移った事情である。自分宛の〈三杉〉の手紙は要旨にとどめ、女性たちの手紙を前面に出すという手法をとっているのであるが、これとてナレーターとして座した〈私〉の個我の一端――。その詩作の技量とあいまって、語りの奮の押さえ方としても注目されるのである。

七　幻楼の光景　愛と不倫と不条理による実存の歪み

1　三本の手紙＋灰になった「日記」

語る〈私〉の配慮のもと、正式の氏名が伏せられ、仮の居場所から現れた仮名の人、いわば詩界というマージナルな領域から意志的に名乗り出てきた〈三杉〉は、そもそも謎の人物なのだ。この中年男がとんでもない私事の、とんでもない書状を差し出してきたのだった。

自分宛の女性たちの三本で、作柄上、手紙自体がバーチャル界のものなのに、さらに驚くべきことに、それらのうちの二本「薔子の手紙」と「彩子の手紙」に、〈彩子〉が十三年にわたってつけていた秘密の「日記」のことが言及してあった。死に臨んで消滅さすべく愛娘《まなむすめ》の〈薔子〉に焼却を頼み、それを手にした彼女が密かに読んだ後で処理したとあるので、いまとなってはバーチャル界にはまる、その奥のバーチャルな具象であり、限りなく茫々としている。

しかし、さりげなく存在が明かされているだけの「日記」とはいえ、実は重い意味を放射しているのである。これを「悪の懺悔録」とも言っていた〈彩子〉は、素直に心を開いて書いていなかった。わかるところを拾うならば、相手である〈三杉〉との不倫関係を「罪」深く感じる心の事情を詳しく記録していたものの、心の底から好きだった前夫〈門田礼一郎〉に抱き続けた想いを、まったく書き込んでいなかったことが判然となる。

したがって、この「日記」を読んだ後に書いた「薔子の手紙」は、そうした母〈彩子〉の秘密の半分（父礼一郎に対する残愛）をまったく知らずに、ただ母と義理の叔父の関係に感情を添えている――。一方の「みどりの手紙」は、当該の「日記」の存在すら知らない中での走筆であるから、彼女は、夫婦の馴れ合いの感情にもたれていて、決して従姉の〈彩子〉の苦悩へと心が及んで行かないのだ。

見ての通り、手紙は〈薔子―みどり―彩子〉の順序で並べ置かれているが、これは語る〈私〉の措置にすぎない。時間軸上では「彩子の手紙（遺書）」が先に位置し、一、二週間ほど後に「薔子の手紙」と「みどりの手紙」が認められ、適宜に伊豆へと発信されたとなる。（この二者の前後関係は判然とはならない。）

開示された手紙にある「日記」は、サスペンスフルなパンドラの箱であった。逝った〈彩子〉の〈門田〉に対する愛が、いつまでも忘れ難くあったかを知らしめずにはおかない。このどんでん返し！　それだけに〈三杉〉は、ダメージを受けたとなるのである。成り行きは悲劇的ではあるが、その皮相性にはいささか喜劇の要素を含む。例えば、シェイクスピア劇に喜劇的な要素が混在するとされるのに似て、驚くべき緊張感のもとにある。

2　母亡き後の捩《よじ》れ語り／新しい旅立ち（「薔子の手紙」）

さて、義理の叔父に宛てた「薔子の手紙」であるが、まずは、警察との対応から通夜を含む葬式の一切を仕切ってくれた感謝が、儀礼としてある。そのうえで、前記したように母の「日記」を読んだという事実において、書き綴られていく。とりわけ母の死を賭けた不倫問題に対する感傷といったくだりには、鮮烈な言葉が並ぶ。

――「亡くなる最後まで、お芝居をしていなければならぬおじさまと母さんの愛情」が可哀想に思われたこと。／母は「常に死を背負って生きて居られた」こと。／「誰にも〔…〕祝福されてはならない愛情と言うもののある事を知り」泣いたこと。／母さんの「愛情が昇天しつつある〔…〕その昇天しつつある愛情の悲しみの深さに較《くら》べれば、母さんと言う一個の人間の死の悲しみなど、較べものにならないように思え」たこと。／母の躾《しつ》けが人を騙《だま》してはいけないということだったのに、その母に騙されたと知って怒りを覚えたこと。(7)／そのように感情が昂る中で母が毒を呷《あお》ったこと、等々。

念のため、その服毒時の様相のはまるコンテンツを覗いてみよう。

「母さんはいま毒を飲みました。疲れたの、もう生きて行くのに、疲れたの」と。それは薔子に仰《おっしゃ》言ると言うよりも、薔子を通して神さまにでも仰言るような、不思議に澄んだ、天上の音楽のようなお声でした。〔…〕その時、放心したように母さんの前にぺたんと坐って、母さんの遠いあらぬ方を見遣《や》っている視線を追うていた私を、突如、谷から吹き上げて来る野分のように、襲って来たものは怒りでした。怒りに似た感情でした。何ものかに対する言い知れぬ忿懣《ふんぬ》の、煮《に》え滾《たぎ》ったような熱い感情でした。私は母さんの悲しいお顔を見詰めた儘《まま》、

「そう」

唯それだけ短く他人事のようにお返事しました。〔…〕そして自分でも愕《おどろ》く程冷静な気

持で立上ると、お座敷を横切らず、水の上でも歩くような気持で長い鉤《かぎ》の手のお廊下を渡って行き（この時でした。死の濁流に呑まれる母さんの短い悲鳴が聞こえて来たのは）、そして突当りの電話室に這入《はい》り、おじさまにお電話したのです。

まさに鬼気迫る情景（内実）である。大変な事態であるのにどうして〈薔子〉は、座敷を斜めに横切らず（急いで最短のコースをとらず）、長い鉤の手の廊下を歩いたのか。また、「悲鳴」を上げる母のもとへと直ぐに戻らず、五分後に駆けつけて来た〈みどり〉が、死者の顔に「白い布片」を載せるのを見ているだけであったのか。「自分でも愕《おどろ》く程冷静な気持」だったと言っているものの捩《よじ》れていて、尋常な行動とも感情とも言えない。仏教で言うところの素直な《愛別離苦》とはならぬ、母と娘の恐ろしい断絶・離別である。〈彩子〉の「日記」の中の「蛇」の比喩を当てれば、〈薔子〉の内の「蛇」の仕業が関係とでもなるのであろう。

＊

最後となったが、ニュアンスとして滲ませてある、ふた親を欠いた〈薔子〉の衝撃感覚をチェックしておきたい。実の父親〈門田礼一郎〉とは五歳の時に別れたままであり、何故か母も詳しい事情を語ろうとしなかった[8]（自分も知ろうともしなかった）。なので、もはや自分が何者であるか、自分がほかならぬこの〈私〉であるとする、その核心情報の喪失に慄《おのの》くばかり――。このアイデンティティの危機の中で〈薔子〉は、義理の叔父・実の叔母と決別し、洋裁で身を立てるべく住み慣れた《家》を出ると宣言している。例えば、チェーホフの戯曲『桜の園』のヒロイン〈アーニャ〉ように――。自覚的な彼女には、切り開く未来が信じられているのだ。

それにしても、母の人生をゆさぶり（死に至らしめ）、叔母をも不幸にした男〈三杉〉に、どうして〈薔子〉は反撥心を抑えて、これほどまでに心を開き、綿々と涙したたるような文面を綴ったのであろうか。答えは自明。彼女にとって〈三杉〉は、父親のような存在＝父性イメージのもとにあったからである。当の〈三杉〉も、それなりの対応（父親代わり）をしていたであろうから、今度の〈彩子〉の自殺事件に責任を感じて、いよいよ心の内を淋しくしているのである。

3　夫婦間の「猟銃」錯覚劇に恨みを重ねて自立（「みどりの手紙」）

芦屋の自宅に夫が戻らないから手紙を書く。その手紙が伊豆の滞在旅館に着いた時には、もう〈みどり〉は《三杉の表札》の掛かる家を出て、洛北の八瀬の別荘へと移っている――。書斎の壁画をヴラマンクの絵に掛け替え、外したゴーギャンの絵を抱えて――。しかして〈みどり〉の手紙は、仮面夫婦の関係の切れ目としてあり、皮肉にも〈彩子〉がつけていた「日記」の存在を知らないまま牙を剥《む》き、歪んだ口調による十三年間の感情の吐き出しとなっているのである。

その中味は、貴方は「女の心の細かい綾《あや》など解らない〔…〕孤独と言うものに御縁がない」方との軽いジャブに始まり、要点は次の三点。①「貴方も私もお互いに天下晴れて自由になる方法を講じる」のが一番だとし、「宝塚の別荘と八瀬の別荘を頂戴できれば、私はそれで充分」と離婚と分け前（慰謝料）を要求。②自分が良妻でいられなかったのは、十三年前に始まる貴方と従姉の不倫関係を知っていたからで、タイミングよく彼女を「裁きの庭」へと連れ出した翌日、忌むべき自殺事件が起ったこと。これにより「十何年間の悲しい私たちの取引はまさし

ヴラマンク絵「雪景」1925年作

くいま終幕に来た」と総括。そして③が、五年前に家で起こった「猟銃」錯覚劇（縁側の硝子戸が鏡となって映った、夫が構える銃口が、私の背肩に向けられていたこと）である。

私をお射ちになる気かしら。弾丸がこめられていなくても、この瞬間、貴方に殺意があるかどうかを見ることは、私にはなかなか興味ある見もので御座いました。〔…〕

しびれを切らして、そっと眼を開けてみると、貴方は依然として私に照準していらっしゃいます。〔…〕もし貴方が引金をお引きになったら〔…〕私は、案外、素直に貴方の胸の中に倒れこんだかも知れないのです。あるいはその反対に、今度は私の方で射撃のお手並を貴方にお見せする結果になったかも知れないのですが。

右のようにある。このさりげない怨み節の中に、仮面夫婦の抜き差しならない悲劇性が詰まっている。と同時に、雉《きじ》や山鳩に照準せるはずの「猟銃」が、決してそれだけの猟具にとどまらぬ、人間にとっての恐ろしい凶器となりうる、その両面性を象徴的に意味していることを知らしめている。詩「猟銃」後段の「生きものに照準された時は決して見せない、ふしぎな血ぬられた美しさ」の半面である。これらは、意味化して『猟銃』のタイトルに反映していることは言うまでもない。

さらに言えば、ストーリーを表象せる「猟銃」は、人間の高貴なる精神性としての「愛」に照準せる、その「愛」を撃《う》つレトリカルなプロット上の凶器であり、事実、そのような経過をたどっているのだ。ゆえに、夫婦間の「猟銃」錯覚劇を内蔵せる「みどりの手紙」は、単なる手紙の配置に留まるものではない。きわめて重く機能しているのである。

＊

このような読み解きとなるので、例えば、「三つの手紙のうち、「みどりの手紙」は一ばん作為のあとが見えすぎて、どこか軽薄であり、作品の全体の清冽《せいれつ》なトーンを乱している。」（河盛好蔵「解説」『猟銃・闘牛』新潮文庫、昭和二五）といった指摘があるものの、また別の所見も成り立つと考える。愛の深さの裏返しゆえ、他の二本のトーンと異なることで、バランスが保たれたとでも言えようか。否、それだけの言い方では済まされない。物語の本質に関わる注目すべきことがある。

自宅の壁絵の一件で、さりげなくゴーギャンの絵を外して、ヴラマンクの絵「雪景」に掛け換えたと言っているのであるが、実はそこに、同絵画の醸す冷々たる室内空気の中へと夫を帰り着かせようとする、彼女なりの意図（冷たい魂胆）が見え隠れしている。去り際の《心づくし》は皮相そのもの。手紙の文面から滴《したた》るものには、温かみなど微塵もないのである。

作品の「清冽なトーン」は〈みどり〉によって保たれている。彼女が、あの十三年前の熱海不倫旅行を尾行・確認した時点で騒いでいたならば、そもそもこのドラマは成立し得ない。じっと《道化》を演じ続けたことで、芳醇なるロマネスクの完遂となったのである。手紙を書いた、あのように捩《よじ》れざるを得なかった彼女は、その「軽薄さ」において名優と言えるのではないか。離婚を宣言、財産分与を要求して家を出た彼女は、文句なく新しいタイプの女性であった。

4　愛と不倫と不条理に殉じた女の一生（「彩子の手紙（遺書）」）

手紙を書いたといっても〈彩子〉のそれは、流れる時間と身体に刻む「愛」の記憶を串刺しにしたような、死者の声となって届いている。身体を持っていた時の姿形を感じさせてはいるが、実際は、ペンを走らせた時点に始まって過去のことを語る、超現実的な出演者＝夢幻能の主人公が伝え来るような、心魂に徹した命の《置き文》にほかならない。

しかも中味が凄い。「本当のものを差し上げたい」として、①貴方の知っていることと知らないこと、②秘匿の「日記」に書いたことと書かなかったこと、の二点にすべてが凝縮している。告白の形が、前二者のものとはまったく趣きを異にしている。おのずと①と②は連立式（表裏縦横の関係）をなし、これの《解》となる手掛かりが、これまたバーチャルの彼方、彼女の深奥に長々と閉ざし置かれていた秘密、すなわち、かつての夫〈門田礼一郎〉を忘れられずにいるという、哀しい未練愛であった。
それを引きずっての〈三杉〉との十三年間なので、〈彩子〉は、自分の中で止まってしまっている時間（前夫との生活）に感情を添えつつ、ここにいたった現状を噛み砕き、偽りのない「本当のもの」を差し出しながら、痛々しく別れの鐘を撞いているのだ！

星の見える空のどこからか雪がおち、その雪の一片
一片を、彼女は白い絹手袋の上に受けながら、彼女
の犯した数々の情事の登録番号とその明細書をば、
私の曾て愛した黒い瞳を伏せながら静かに読み上げ
ていた。〔…〕

（詩「聖降誕祭前夜」第二連より）

かりに近似の叙情を近づけるならば、若き日の靖の右の詩篇（昭和二一・二）へと想がおよぶ。
星のまたたく彼らの《小宇宙》にあって、「犯した数々の情事の登録番号とその明細書」を読

み上げている「黒い瞳」の女のイメージを指してのことなのだが、これの変奏バージョンが〈彩子〉のケースと言えようか。（壊れた親子＝父と母と私による一夜の再会という散文詩なので違いは明らかだが。）手紙劇の最後をつとめた〈彩子〉こそ、他の二女性を葛藤状況へと巻き込んだ因果なヒロインであった。彼女の不条理な生の完遂こそ、物語の成立上の絶対条件であったことがわかる。

＊

感情が疼《うず》くから〈彩子〉は、あの世に持っていって無化させては忍びないと、心の奥の秘密の扉を開いたのであるが、それ自体が「愛」に対する吟味の凝縮となっている。この場合の「愛」は、キリスト教のアガペーや仏教的な慈悲の心ではおさまらぬ、むしろ愛欲・愛着・渇愛・強い欲望などといった多義性のもとにある。で、ペンを走らす〈彩子〉は、自分の心身に刻むこの「愛」の微妙な感覚を初めて〈三杉〉に突き出し、原点に立ち返って回想的に点検・吟味を始める。

鮮やかによみがえっているのが、あの十三年前の初デート――京都山崎の「天王山の急な細い坂道を登り乍《なが》ら、愛と言うものは執着だ。僕が茶碗に執着しても悪くないでしょう。それなら貴女に執着して何処が悪いんです。〔…〕もう取返しはつきません」と「まるで駄々っ子の恐喝」にあい、いきなり「崩折《くずお》れた」ことだった。

＊

こうした切実なる回顧の裏面が、〈三杉〉という中年男の《奇妙な理屈つきの隠せる欲望》の潜り込ませによる、いま見てきた破倫「日記」の世界ゆえ、「愛される女の幸福」と言っても、それが《錯覚の愛》であるかもしれないと懐疑する、もう一人の自分がいないか、いても機能していなかったことによる、彼女の心のとめどなき漂流の形としてある。決して安逸の彼岸へと行き着けるはずもなかった――。この混沌と絶望にはまっているのが、情理のおよばぬ外延部の残り火＝愛しながら別れた〈門田〉の再婚情報、および、体調が芳しくない時に現れた〈みどり〉による復讐という因果なタイミング、つまりは死門の無常な開きであった。

『聖書』との関係があいまいな（キリスト教徒であるかどうかは不明）、しかし《原罪》に通底するような言葉としての「罪」を抱えて「神」を畏れていた〈彩子〉は、己の人生の設計図の傍らに置いていた毒薬の微笑みを受け、ついに《贖罪の誓い》である今生《こんじょう》の暇乞《いとま》いをしたとなる。彼女の手紙＝遺書は、消えかかる命を惜しみつつ矛盾の愛の刈り取りとなっており、なんとも凄まじい。数分で行き来できる距離にあるのに、遺児〈薔子〉によって芦屋の家から天城の「伊豆旅館」気付での送達となったそれは、涙ぐましい我執の《愛の領収書》とでも言えようか。

例えば、アナトール・フランスの小説『タイス』（一八九〇）の神父〈バフニュス〉が、息絶えようとするヒロイン〈タイス〉に向かって、「神、天国みなくだらぬものだ。地上の生命と生きとし生けるものの営む恋、それだけが本当のものだ」（水野成夫訳）といった言辞で換喩できるような呟《つぶや》きとはならない。ここでの猟銃とともにある〈三杉〉の、身の震《ふる》えまでもが見えて来るようであり、光景としてもドラマチックである。

ちなみに手紙の末尾は、「貴方の大きい愛情で幸せで御座いました」となっている。ここでの「愛情」は、〈三杉〉の強引な「愛」の論理に即さず、彼女の悩める「愛」とは質的に差異する。あくまでも世を去るに当たっての儀礼的な別れの気持ちとしての、ごく一般的な使われ方である。

＊

あとに残された〈薔子〉は、母親が死んでしまった悲しみよりも、母親と〈穣介〉の間の愛の悲しき永遠化＝「昇天しつつある愛情」に涙したと告白していたが、これは人間の「命」よりも「愛」優先の考え方であり、少し後で「大人の世界が、堪らなく、淋しく恐ろしいものに思えて来た」と言っていることとあわせ、母親の「日記」の内容を強く意識しての、乙女心の複雑さを覗かせるものであった。愛娘は、生きることの大切さよりも、上位の価値が「愛」であるとする、母親の考え方と同じに人生を判断し、行動につなげようとしている――。しかして、このように〈薔子〉の先々を危なかしめる、その《危険因子》を引き継がせたまま〈彩子〉は、実人生の崖から転げ落ちていったということなのだ。

＊

創作時期が近接しているということで、詩「瞳」（昭和二二・四）と同じ創作源である『論語』にも及び、その第八「泰伯」篇四の一節＝「鳥の将《まさ》に死なんとするや、其の鳴くや哀し。人の将に死なんとするや、其の言うこと善《よ》し」とも、連関の気配を感じさせている。（大意・鳥が死を迎えるとき、その絶命の鳴き声はまことに哀しい。人とて同じで、臨終の言葉には心がこもっている。人間の死にぎわに残す言葉のなんとりっぱなことよ……。）ここでは〈彩子〉の死に際の言葉に対応。彼女の手紙＝遺書には恨みとか邪念などは見られず、ありのままの自分の気持ちが清潔につづられている。受け手には身にしみる別れの言葉となっている。――このように解釈されるので、作者は『猟銃』の構想段階で早くも『論語』の文句に通底する何らかのものを、ヒロイン〈彩子〉に担わせ、それをストーリーに噛ませたのかもしれない、との推察がともなうのである。

当該句「鳥の将《まさ》に死なんとする」は、応用の効く素材源の一つでもあったらしく、靖は、先立って短詩「小鳥死す」を創作（「聖餐」創刊号・昭和一〇・八）、大先達の桑原武夫もエッセイ「鳥の死なんとする」（「京都帝国大学新聞」昭和一六・一二・五）を書き、京大アカデミーの一つの声としていた。

八　詩語「白い河床」に反応せる影法師・三杉穣介のこと

一体、三本の手紙の受取人となった〈三杉穣介〉とは何者か。詩「猟銃」の作者宛に、それらの女性の手紙を送って来た人物とあり、一応リアリティーをもって存在感をなすものの、「穣介おじさま／三杉穣介様／貴方」と三者三様に呼びかけられた当人に、まったく生活感がともなっていない。ただ、そのように書き出していく女性たちの文体に絡め取られ、用箋という無《ぶ》聊《りょう》の紙面に染み入っている――。しかも「罪」と「酬《むく》い」という因果な結果のもとにある姿なき人、その本人のドッペルゲンガー、読者から見ての「影法師」なのだ。

せめてキャラクター像でもと、散らばった情報を掻き集めるならば、「日本猟人倶楽部」と接点をもつ（会員らしい）彼は、青年時代にイギリスに留学し、恩師からチャーチル銃を拝領。帰国後は、大きな組織（詳細は不明）に属して、南方（詳細不明）へも出張するなど、国策に合った企業人として広く活躍したが、ＧＨＱ（連合国総司令部）の司令により「追放実業家」のリスト入りとなった。それでも人脈によったものか、関西と東京に仕事を持ち、資産価値のある別荘を二ヵ所に所有している。趣味は狩猟や西洋名画を部屋に飾ることなど――といったところまでが見え透けている。

右の断片情報だけでは物足らなくもあるので、いささか「三杉」という姓氏にこだわってみるのだが、この筋上の人物に対して作者は、周到に趣向を凝らしたふしがある。三女性による三本の手紙によって炙り出され、あたかも突き上がった三角錐の頂点から吊り下がったごとくである。姓の一字である「三」には、それらの三絡みのイメージが、そして「杉」にも、天城に自生するヒノキ科の常緑高木、いわゆるアスナロのイメージが付着しているのではないか。しかも「三杉」姓そのものが、仮の名との条件がつく。レターノベル界と、物語る〈私〉という二極の往還者である〈三杉〉は、猟誌「猟友」〔実際には存在しない〕の誌面から物語『猟銃』のロマネスクの世界を開かしめる、青ざめた影の人物でもある。

＊

言うところの女たらしではなく、相手を優しくエスコートする、人脈と行動範囲の広い、教養たっぷりの紳士であるらしい。（例えば「京都の大学理学部の竹田博士」を訪ねた際に〈彩子〉を同伴。標本室でアルコール漬けの「蛇」を指して「みんな人間は一匹ずつ『蛇』を持っている」と言い、彼女に己の中の「蛇」が「我執、ある時は嫉妬、ある時は宿命」なのかもとの、哲学的な思惟をもたらしたことなどを踏まえての類推。）

それから、初デートの時に〈彩子〉の心を決定づけた「愛と言うものは執着だ」という言葉にも、いささか教養がかぶさっている。すなわち、これが、ロシアの文豪トルストイの言葉「愛は惜しみなく与う」に依ったか、あるいは、有島武郎の「惜みなく愛は奪ふ」と題した評論題目（これはトルストイの当該表句を踏襲）にヒントを得ていたと、このように窺い知れるからである。むろん〈三杉〉の言う「愛」は、性的な愛（エロス）の方である。

依然として〈三杉〉のモザイクは外れないが、それでも先ほど「青ざめた」と言ったのは、「愛と言うものは執着だ」との魔法の言葉の効能を信じ切っていた彼が、比喩としての「猟銃」で〈彩子〉という《愛の標的》を撃ち抜くに至らなかった、ともなるからである。《愛の狩人》の誤算である。〈三杉〉は、自分の「愛」（不倫愛）のテリトリー内で自滅した。魂の抜け殻のような状態に陥ったのであった。これが「罪」に対する「酬《むく》い」。厳しい「審判」の下され方である。

ミステリアスな比喩だが、存在の背景に「どこか落莫とした白い河床」なるものを感じさせている〈三杉〉には、もはや直かに心を開いて語り合える相手がいないらしい。生きる理由さえ曖昧になっているかもしれないのだ。例えば、漱石の『こころ』の「先生」が淋しさとして抱えていた《孤愁の悲劇》に、告白の動機と送信パターンまでもが似ている——。(靖は昭和四十二年夏、ハワイ大学夏期講座で「夏目漱石論」と題して講義した。〈三杉〉の落ち込みが尋常ではないので、『こころ』の「先生」へと類接の線がつながるのである。)

＊

それはそれとして、伊豆の風景の中に瞬時の接点があったことで、詩人の作品に「猟人」としてはまった〈三杉〉は、その至妙なる表現世界に素直に感じ入り、一人ぽっちで寂しい、やるせない自己の縛りを解き、唯一の味方と感じた詩人の〈私〉に向かって《心》の封を切る行為に出たと解せる。すなわち「私という人間が覗き見た貴方の所謂《いわゆる》「白い河床」なるものが、如何なるものであるかを知って頂きたいと思う」と言ってきた、その見えざる背後の事情であった思われる。とはいうもの、直々の告白の形をとらず、手許の三本の手紙の添付となったのは、彼が〈私〉を信頼したからであった。

不意に舞い込んだ語りの契機と題材——これが詩の作者から物語る人へと〈私〉の立ち位置を変えさせてしまう。一連のテーリングを可能にした絶対的な理由でもある。はじけて破綻にいたった、その全責任を負う〈三杉〉は、どうにもならない思いを胸に刻む背徳者！　彼が感情を添えて声を掛けたくても、深く交わった〈彩子〉という主体は存在しない。見え方としてあるこの《社会的な紳士》は何とも悲しげである。

＊

ちなみに、行定勲氏演出、大竹しのぶ、松重豊が出演の名作「朗読紀行にっぽんの名作『猟銃』」（NHK—BS、平成一五年二月一八日放送）では、最後に〈三杉穣介〉が天城の深い霧の中へと分け入ったまま戻らず、やがて猟銃の発射音がとどろく——。「穣介は生きる理由を失って死んだのではないか。直接的な死ではないにしても彼の人生は、すべての愛する女性たちが離れていった時点で終わった。〔…〕『猟銃』って相当よくできた小説なんですよね、構成的にも」とは、同演出家が後日に綴ったエッセイ「ドラマではなく、人生の感情を描く作品」に込めた見解である。

2章

ロマンの深化

主題と美の放射と

一　孤独のポエジー　「白い河床」に関して

一見、入り子のようではあるものの、詩「猟銃」は全体の定礎の位置にあり、ストーリー全体をポエジーで染めている。なかでも詩句「落莫とした白い河床」の効用は絶大であって、この暗号札のようなイメージ句によって、詩の叙出者〈私〉と被叙出者〈三杉〉との関係が発生している。したがって、「落莫とした白い河床」とある甘美な迷宮の内側に潜むものは《孤独》の心情で、これが物語のライトモチーフ、主題そのものなのである。

詩の作者が孤独であったから名詩が生まれた。その詩に抱懐された《孤独者》が動いて舞台が廻った。あくまでも脇役でありながら手紙を書いた女性たちの孤独までもが浮き彫りになった――。かくして〈私〉の心の中にいる読者に向かっての語りを動機・決定づけた人間劇！そしてキャラクターたちの「白い河床」よ。（おお、「迷える羊」たちよ！ここでのサウンドは、彼と彼女らには無縁だったが、あるいはバッハの「マタイ受難曲」がふさわしいかもしれない。）

＊

それにしても、孤独なるものの直叙とはならず、「白い河床」というレトリックの使用となったのはどうしてか。この核心の謎に関しては、一九六七年（昭和四二）夏、ハワイ大学夏期セミナーの講師として招かれた靖が、現地の日系人グループ主催の「ホノルル読書会」(9)に参加した際に語ったコメントの中に、読み解きの手掛かりを見出すことができる。（傍線は藤澤）

〔…〕具象なら、素人にも批評の基準がある。例えば、バラを描いたものなら、実在のバラがそれでしょう。アブストラクトには、それがないんだ。約束を払って描く。つまり〝精神の風景〟だな。困るのは画家が孤独を描く〔…〕。孤独の深さは付き合えば分かるけど、絵では分からないんです。媒介物がないからですよ。孤独は文字で描けます。しかし見えませんね。非常にけじめがつき難いんだ。

オアフ島カネオへの自宅を提供した川島みち氏が、日系新聞「布哇報知」（一九六七・八・五）

に寄せた「井上靖御夫妻を囲んで―夏の一夜を語り明かした読書会の記―」の一節である。川島みち氏自身、同紙の記者なので正確な事実の記録として読める。で、後半の傍線部に注目したい。要するに、色彩による「絵」では人間の「精神の風景」の描出はむりだが、文学では可能。何故なら、自在に「媒介物」を用いての表現が可能となるからである、と言っているのである。

もはや靖の手の内は明白。主題となすもののために、色彩的には好みの「白」と、具象としての詩性を有する「河床」を組み合わせ、かつ、それを人間心理の深淵へと届かせて「精神の風景」の描出を図るという、独特の表象世界を目指したということである。「孤独」という無限の抽象が、「白い河

THE HAWAII HOCHI　（土）　一九六七年八月五日

井上靖御夫妻を囲んで

―夏の一夜を語り明かした読書会の記

川島みち

一番尊敬する人

テキサスから突然の電話

日本の

現地の日本人宅における読書会「THE HAWAII HOOCHI（布哇報知、現・ハワイ報知）」1967年8月5日

床」という詩的現実をもって表現を得た裏には、不可視なものを可視化する、そのための潤沢なアイディアと技術が、盤石であったことを窺わせている。靖は色彩感覚が鋭く、しばしば「白」に微妙なニュアンスを託すことがあった。（後掲の表象例を参照。）他にも、ペルシャン・ブルー、山崎の紅葉、熱海の夜の漁船の火事、紫の薊《あざみ》の花の羽織などといった色彩感覚の鋭い表現があることも留意される。

＊

フランスの作家エドゥワール・エストーニエ（一八六二〜一九四二）は、小説『孤独』（一九一七）のストーリーを閉じた後の巻末で、「孤独は、また、愛の対象を奪はれた人々の深い安住所でもある」（桜井成夫訳『孤独』実業之日本社、昭和一五、傍点は原文）と書いている。このアフォリズムは〈三杉〉のものでもあり得るのだが、例えば、芥川龍之介の短篇『孤独地獄』の主人公〈禅超〉のそれになぞらえ得るものではない。差異してのそれは、関係の分解をみた寂しげな女性たちの胸中にもおよんでいよう。メインの主題が〈三杉〉のもとにあるといえども、切実な愛の葛藤を基礎とする『猟銃』が、各々の心情の綾なす情態としてある以上、そこに開けている空間は、主人公を含む全体の《孤独のポエジー》なのだ。

二　絵画的に収斂　ヴラマンクの絵「雪景」の彼方へ

私と言う人間が覗き見た貴方の所謂《いわゆる》「白い河床」なるものが、如何なるものであるか知って頂きたいと思うのである。

あらためて〈三杉〉の言葉を引いてみた。これによって彼が「白い河床」というレトリックを、すっきりと自分のものとして受け入れる、そして「白」のイメージで意味を汲める人であったことがわかる。詩人としての〈私〉に作者が投影、同様に〈三杉〉にも作者の色彩的な趣向の一致をみているのだ。作者にとって「白」が有効な描写要素であり、それが見事に作術につながったということでもあろう。

実は、このように「白」のレトリック絡みの独特の手法は、いまに始まったのではない。さかのぼれば、作者が二十二歳頃（第四高等学校時代）の詩作活動において発芽し、以後の表現スタイルの確立に弾みをつけていた。しかも、詩と小説の両ジャンルが自在になっても、それがいよいよ徹底していくのである。事例に出会っておきたい。（傍線は藤澤）

詩句では――「人形の様な白い想出」（「日記」昭和四・一二）／「白い友愛の花園」（「向日葵」昭和五・二）／「母の名に白い幸の秋であれ」（「倒像」昭和五・二）／「白っぽい落魄の風」（「港の子」昭和五・一〇）／「白い時間」（「靄」昭和七・一二）／「この世ならぬ白い陽の輝き」（「瞳」昭和二二・一二）／「背はたえず白い風に洗われていた」（「愛情」昭和二三・二）／「十月は、すべて白いものが美しくなって来る」（「十月の詩」昭和二・七頃）等々。さらに直接タイトルにつながったケースもある。小説では『白い牙』（昭和二六・一～五）／『白い手』（昭和二七・六）／『白い街道』（昭和三〇・三）／『白い炎』（昭和三一・八～三二・二）／『しろばんば』（昭和三五・一～三七・一二）／詩「白い峰」（昭和三五・一）などと枚挙にきりがない。

昭和四十七年七月、静岡県長泉町の駿河平（現クレマチスの丘）に建った「井上靖文学館」の壁が白色となり、石段を上がって入口までに白い小石が敷き詰められたが、これも「白」のイメージに連動しての人と文学の表象現象であった。一方に、松本清張の「黒」のイメージ作品の連発があったことも、靖の「白」のイメージの敷衍《ふえん》につながったようだ。

＊

そうであるからこそ深読みとなるのだが、ここでの「白い河床」には、独特のレトリックの利かせ方があるように思う。つまり作家以前の、新聞記者として美術品や絵画展など、あるいは京都や奈良の寺社をめぐって記事を書く際、必ずカメラを携行して写真を撮っていたに相違なく、そうした白黒フイルムの現像状態では、明暗が裏返しとなる。（肉眼で見たものとは逆になっている。）

おそらく作者は、このネガフイルム状態の「河」の、白々とした様相を「河床」にまでつきつめ、それを詩語化して「白い河床」という抽象イメージへと昇華させたのではあるまいか。（大学で美学美術史を専攻していたこと、また、新聞社で宗教欄・美術欄を担当していたというキャリアの人ゆえ、そうした経験の中にアイディアの取り出しと応用があったと思われる。）いま、あえて起想材源を絞るな

尾形光琳画「紅白梅図屏風」MOA美術館蔵

らば、江戸中期の画家、尾形光琳の代表作「紅白梅図屏風」[10]をネガで連想、そのモノトーンから「河」のイメージを立ち上げているらしい、との察しとなるのである。

一連の手紙を開き終わった読後が微妙である。つまり〈私〉の語りの抑制により、終章でありながら全体としての括りに余情がともなう。深く感じ入らせる美的な印象、言外の情趣の横溢がある。もしそこに慰撫《いぶ》する叙情を添えるとしたら、十八世紀のイギリス詩人、トーマス・グレーの『墓畔の哀歌』(一七五一)のなかの「ソネット」とか、十九世紀のフランス詩人ボードレールの『悪の華』(一八五七)中の「死後の悔恨」などが、ふさわしいのかもしれない。依然として健在な〈三杉〉のこととて、彼は、幕が降りた後のしじまの中でそっと〈彩子〉の墓に詣でるのではあるまいか。その時の現場に相応の風韻こそ、右の西欧詩人の叙情が似つかわしいのかも――。残像がともなうから、後日譚としての連想を生むのである。

＊

伊豆天城山麓の温泉旅館―仕事先の東京―大阪―芦屋の自宅という四極往還を行動範囲とする〈三杉〉の場合、必ず戻る自宅には、外されたゴーギャンの絵のあとに、フランスのフォービスム（野獣主義）の画家、ヴラマンク（一八七六〜一九五八）の絵「雪景」（先掲四三頁の写真参照）がおさまっている――。温もりのない家、その書斎。彼は、その絵の中の家に向かって歩く小さな外套の男（画面左下の人物）のように、自宅へと帰ることになるのだ。

平素、ゴーギャンの絵（画題不明）に迎えられていた彼が、寂寥このうえない「雪景」絵の出迎えを受ける――。この寂しげな帰宅の形からは、家を出た〈みどり〉の積年の感情＝ある種の嫌味・復讐心を読み取ることが可能であろう。「雪景」絵は、全体の主役の座にある〈三杉〉の陥った内面界を暗示し、かつ、物語全体に幻想的な趣きをもたせる、そのような効果をあわせ持っている。(11)

己の才能を結晶させたポエジー含みのキーワード、それが「白い河床」で、これぞ作者の持ち味であった。だから以後も、造形をみるキャラクターの多くが、心の淋しさ＝孤独という精神の遺伝因子でもって、適宜に物語の世界へと旅立つのである。例えば、少し間をおいて世に送った時代小説『戦国無頼』（昭和二六・八～二七・三）の主人公〈佐々疾風之介〉の個我性においてさえ、そのように言えるのである。つまるところ、この作者の文芸空間に内在する生来の詩的・色彩的な感覚の発現、それが「白い河床」という換喩（主題を叙情で包む）で紡いでの、創作上のモチーフにつながったと言えるのである。

＊

物語は、至純の超現実世界として、読者との回路をつないでいる。〈彩子〉の死は痛ましいが、「変梃《へんてこ》な妥協の大団円なんて描いてはいない」（付章の「ハワイにおける『猟銃』座談会」における靖の発言）からこそ、いつまでも腐蝕をみぬ、文芸の高みを印象づけるのである。どうにもならない運命にあるとか、外部の秩序や体制とぶつかるわけでもないのに、人間関係の破綻によって引き起こされる、その劇的皮相性のものとしてあるこの作品は、古典劇に要請されるような詩的要素を介在させながら、人間の実存にともなう不条理を問い、情熱的なものを欠く人物たちの喜劇素を含む悲劇を、徹底的に洗い出していて、作者に手抜きがないようだ。

いわゆる《井上靖型新小説》の完遂である。これすなわち、伝統に立つ西欧のいわゆる不条理劇のさらなる一捻《ひね》り、ということになろうか。欧米での受けがよく、それがドイツやカナダにみられるような演劇化につながったのであろう。

小説『猟銃』は、小説技法の革新による、この時、この国において初めてとなる、そして、本人にとっても最初にしてこれっきりの、可能性を秘めた実験的新ロマン、そのキラ星のごとき精華となっている。

3章

内在せる神話的側面

絵画と外国文学

一　アンリ・ルソーの絵による暗示　〈薔子―彩子―門田〉の関係

『猟銃』の世界を筋と人物面からみると、そもそも開幕前の事情が注目されなければならない。夫婦と女児という親子三人家庭が崩壊、夫だった〈門田礼一郎〉が去り、妻だった〈彩子〉が幼い娘〈薔子〉を連れて明石から芦屋へと移り、やがてこの母と子が手紙をもってステージに上がる、という宿命の図柄として幕が上がっていく。

もはや分かりきったことではあるが、実はこのプロットの前提部に、構想をはずませるアイディアの供給源が、そっと美しく、感動的に存在していたことを見逃し得ない。作者がシンパシーを感じていた先のそれは、フランスの絵画史に比類のない画境を開いたとされる男性画家、アンリ・ルソー（一八四四～一九一〇）の「人形を持てる少女」と、「詩人とそのミューズ（詩人に霊感を与えるミューズ）」（一九〇九）である。次の靖の発言に注目したい。（傍線は藤澤）

アンリ・ルソー「人形を持てる少女」

私は外国を知らないから何とも言えないが、これは彼の生れ育った南仏でも、パリの郊外でも、ドイツでもイタリアでもなさそうだ。はっきり言えば、国籍不明の風景なのだ。そうした風景の中に、ルソーは人形と摘草の籠を持っている少女を立たした。そして彼女の足許にスワンが歩み寄っている。〔…〕年の頃は定かでない。「詩人とそのミューズ」という作品があるが、さしずめそこに描かれてあった、やはり奇妙な二人の男女の間に生れた少女とでも見る他仕方がないようである〔…〕

この作品から物語は始まろうとしている。あるいは終ろうとしているのかも知れない。〔…〕併し私は国籍不明の風景と得体の知れぬ少女を見てしまったのだ。〔…〕私はこれから何十回何百回、ルソーのこの作品を心に思い浮かべ、そしてその度に、自分も亦曾てどこかで、あの少女の立っていたあの風景を見たことがあったに違いないという確信を強めることだろう。

小説『猟銃』を世に送り出して三年後、雑誌「美術手帖」（昭和二七・九）に収まるエッセイ「人

アンリ・ルソー絵「詩人とそのミューズ」（左）、「人形を持てる少女」（右）
右は「美術手帖」1952年9月、美術出版社

形を持てる少女」の主要部分である。ピカソや詩人のアポリネールから評価された、アンリ・ルソーの工芸的な「人形を持てる少女」絵を語り、あわせて「詩人とそのミューズ（詩人に霊感を与えるミューズ）」の絵に言及しているのである。要するに、前者の絵の少女は、後者の絵の「奇妙な二人の男女の間に生れた少女とでも見る他仕方がないようである」とし、当該の三者を一組の夫婦・親子との解釈に立っているのだ。

ちなみに、靖の鑑賞眼に即せば、アンリ・ルソーの絵の三人の関係は、次の系図①となる。これに『猟銃』の内在事情となっている不幸な絡み〈門田―彩子―薔子〉という三者の系図を②として、双方を合わせ鏡風に突き合わせてみよう。左のようになる。

何と、①と②の形が似ているではないか。靖が「人形を持てる少女」を指して「奇妙な二人の男女の間に生れた少女」と感得していたことが、まったくそのまま自作の〈門田—彩子—薔子〉という三者の関係と、対応関係にあるのである。これは偶然とは言えないであろう。してみると発想の基本としては、「人形を持てる少女」が〈薔子〉の、「奇妙な二人の男女」は〈門田—彩子〉のアーキタイプとみなし得る。しかして、そこからの取り出しをもっての造型であったろう、との察しとなるのである。「作者は、アンリ・ルソーの工芸的な絵に暗示されたと言っている」とは、河出書房版『日本文学全集28 井上靖集』（昭和四一・八）の解説を書いた小松伸六氏の証言である。

戦争が終って〔…〕何か新しい、楽しい、美しい小説を書きたいという気があったのです。誰も書かない新しい形の小説を書こうという気がありました。何か模様のようなつくり上げた小説を書きたいという気がありました。それが「猟銃」ですね。アンリ・ルソーの絵みたいな小説を書きたいという気が強かったですね。

右（傍線藤澤）は、学燈社の編集部が企画した、井上靖・三好行雄両氏による対談「作家の内部―井上靖氏に聞く―」（「国文学」昭和五〇・三）に収まる、靖の発言の一部である。『猟銃』を世に送って四半世紀以上も経った段階で、あえて当時のことを「アンリ・ルソーの絵みたいな小説を書きたいという気が強かった」とし、「それが『猟銃』ですね」との告白ゆえ、前記の考察による見解に疑念は生じない。『猟銃』の構想にアンリ・ルソーの絵二点、すなわち「人形を持てる少女」と「詩人とそのミューズ」が微妙に関わったとなるのである。

二　岡鹿之助の絵「帆船」の影響〈三杉〉のイメージ

画家の岡鹿之助の絵「帆船」との関連も見逃せない。いまだ美術記者時代に、靖は「春陽会展評」（昭和一八・五・二〇）を書き、その中で、唯一「岡鹿之助氏『積雪』の例の特異な筆触の生み出す古典的な魅力、こうした作品でも挙ぐべきであろうか」と認め、また別に「文展の日本画・洋画」（昭和一八・一一・一〇）の中でも、岡鹿之助の名を挙げた。そして、作家になってから「岡鹿之助の『帆船』について」と題するエッセイを「美術手帖」（昭和二六・六）に寄せている。次がそれである。（傍線は藤澤）

私は岡鹿之助氏の作品が好きだ。氏のような仕事が文学の上で出来ないだろうかと真面目に考えたこともある。勿論出来なかったし、出来るものではない。併し私の処女作「猟銃」などは、氏の作品の影響があると自分では思っている。〔…〕私は「帆船」が一番好きであるし、作品としてもこれが一番いいものではないかと思う。〔…〕

左端の南方植物の鉢、右端のカーテン、その間から庭園の一部を越して向うに昼の湖（或

岡鹿之助絵「帆船」30号　「美術手帖」1951年６月、美術出版社

いは入江か？）が見える。湖面には三つの帆船が等間隔に置かれ、湖畔には小さい宝石箱のような建物。その屋根には尖塔と煙突。庭園の半分は緑の草に覆われ、半分は砂。――ここでやや鮮やかな色彩は植物の葉だけである。

不思議な安穏さ。すばらしい無気力。睡たい午下がりの美しさ。誰がこんなけだるさを、こんなに美しく描いた人があるか。この宝石箱のような小屋に住む人は岡氏自身である。得体の知れぬ屋根の尖塔に上って、灯を点じたり、眺望したり、時には風速を計ったりするのも岡氏自身である。

併しこの童話的、夢幻的な作品の世界の中に流れている時間と、そこに置かれてある空間は、童話でも夢幻でもない。現実の世界に於て最も冷静な覚めた人としての作者の純粋な詩である。

ちなみに右は、昭和二十六年四月の第二十八回春陽会展に出品の三点（帆船・燈台・観測所）を鑑賞＝取材した後で書いた文章である。そこで傍線部に注目したい。「私の処女作「猟銃」などは、氏の作品の影響があると自分では思っている」とあるので、『猟銃』に「帆船」の影響があったことが判然となる。ただし、「帆船」が『猟銃』の発表以後の作であるから、当該の影響源（作品）は、一九二七年（昭和二）秋に開催の、フランスのサロン・ドートンヌ展に出品の四〇号の絵「滞船」であったことがわかる。「帆船」と「滞船」の絵柄や色彩が非常に似ている（前者は後者の再創造らしい）。それで両者の区別とはならず、掲出のように綴られたとなるようだ。

靖の絵画の見方、物語を嗅ぐような目、審美感覚、風景の読み解き、意味の感知、批評態度などが明らかになり、絵画の単純受容ではなく、あくまでも批判的に吸収して感じ入っての、神秘的な「影響」の形までもわかり得るケースである。また、画像中の「人」へと心が動いて「この宝石箱のような小屋に住む人は岡氏自身である」とある所見などにも、絵の鑑賞者の目から小説家の目へと切り替わった様子さえ窺えよう。もとより男性イメージに関わるアイディア源。ゆえに〈三杉穣介〉を造型する、その補助材源につながったとの推断にいたるのである。

しかして、カオスの領域へと踏み込むことになるが、あえて靖の言葉をたどるならば、「宝石箱のような小屋に住む人」と言った先に、ロマネスクのアイディアとしての男性イメージが対応、おのずと〈三杉穣介〉の立場が浮かび上がってくる。受容＝影響といえるものが、その男の造型を補助せるところにあった、との解き明かしとなるのである。（風景としての「宝石箱のような小屋」のあたりが〈三杉〉の生活地域とはならないまでも、靖の感性がそこまで弾んでいたのかもしれない。）詩情を満たす絵「帆船」と、詩を抱える小説『猟銃』のつながりの濃さの確認である。

三　フローベールの『マダム・ボヴァリー』受容　不倫と破綻と

青春時代に翻訳書で出会い、その作者・作品にちなむ舞台を訪ねる夢を、靖は、五十路を過ぎに果たした（昭和三十五年秋に訪仏、エッセイ「パリの秋―ルアンとシャルトル―」を執筆）。このことから察し得るように、フローベール（一八二一～一八八〇）の『マダム・ボヴァリー』（一八五八）は、靖にとっての「一生消すことのできないものを心に刻まれている」（「読書について」）格別に気になる外国小説であった。この巨編は、作者フローベールの父（医者）の弟子ドラマールの妻が姦通し、借金をのこして自殺した事件を、徹底せるリアリズムの手法で描いたもの。本邦での移入は大正初期に始まったが、かなり厳しい検閲問題がともなった。

靖の場合、誰の訳本で出合ったかまでは定かでないが、いずれにしても彼は、「『マダム・ボヴァリー』からは、本当の文学作品というものがいかなるものであるか、そしてまたその作品をとおして、人間というものが、生きるということが、あるいはまた人間と人間との関係というものがいかなるものであるか、そうしたことを教えられた」（「私の自己形成史」）とのことである。おのずと『猟銃』物語の起想要素になったであろう、との診断となるのである。

ここでのそれは、不倫と破綻という構成上のアイディアに対するこだわりとなる。いうまでもなくこの二要件は、創作上のファクターとしては珍しくはないものの、しかし、いま出会った靖の述懐＝告白を考慮すると、やはりそうした受容となった『マダム・ボヴァリー』に、創作上のアイディアがつながっていた、ということを窺わせずにはおかない。

事実、早々に始まった〈彩子〉と〈三杉〉の不倫関係自体、これが医者である夫〈シャルル・ボヴァリー〉の妻〈エンマ〉と、資産家の青年〈ロドルフ〉と不倫関係の類似バージョンにほかならない。とりわけ〈エンマ〉が最後に毒を呷って死を選ぶ事態は、そのパターンまでもが重なる。それから、一連の展開に挟まるエピソードのうち、「みどりの手紙」にある、夫婦間の《猟銃錯覚場面》は、情炎の虜となった〈エンマ〉が、早朝の不倫の帰り道で、違法狩猟者〈ビネー〉の銃口が自分に向けられて驚くという場面（第2部「十」）に対応、完全に類接している。

このようなことなので、『マダム・ボヴァリー』の受容問題は、『猟銃』の結構に深く関わっていることを、強く指摘しておきたい。

＊

なお、テーマに絡む「不倫」は、同じ作者の若き日の詩篇「破倫」（昭和八・一二）を系譜の起源とする。文字数にして二〇〇字足らずの散文詩で、詩誌「日本詩壇」へと寄稿時、さらに「―不義の恋に付いて―」との副題がついていた。ただこれも、自分たちの同人誌「聖餐」（昭和一〇・八）へと再掲時、「人妻てふ名を君は愛しつれ」と改変。さらに処女詩集『北国』（昭和三三・三）に収まる際に外れ、第二連の中程にあった「母上よ、吾が白き家系よ」が、「俺の母は火焙りになったのだ」と変わった。ちなみに現行形態のものに出会ってみるとしよう。

破倫

夜ごと熊笹の藪《やぶ》を踏みしだいて帰った。樹々の茂みを梳《す》いて沼はいつもそのふてぶてとした面《おもて》を遠く行手に曝していた。時折、蝙蝠《こうもり》が肩を掠《かす》め足を浚《さら》って行った。
――気が付くといつも老樹の湿った樹肌に頬を押しあてていた。かっと眼を見開き息を凝らして、切ない憩を憩うていた。俺の母は火焙りになったのだ。舌を出して再び肩をそびやかして立ち上がると、きまって暗い沼の面には、月が血を滾《たぎ》らして漾《ただよ》っているのであった。

姦通問題を叙情に組んだ実験作である。多情の「母」が情夫のもとに通う秘密の通路（？）に「俺」の立ち位置があり、そこで感情が爆発して激しい言葉の吐き出しをみ、気分が異様に昂じて辺りの風景がゆがみ、全体が変じた様相として感じてしまうという、劇的・絵画的な叙情の叙白となっている。主題は「破倫」で、前記の『マダム・ボヴァリー』に想を得ていることがわかる。『猟銃』に先立つ影響の現れであった。

これなどは、一種のシュライ・ドラマ（絶叫劇）風として見てとれるであろう。激しさの面では逆だが、例えば、悲劇『ハムレット』（一六〇一）の主人公の独白「弱き者よ、汝の名は女なりき」（第一幕第二場、坪内逍遥訳）に反射せるほどの痛々しさである。言動が度はずれて過激なところは若者の特権！　この個性による「俺」の独白の叙情、それが詩「破倫」であった。破倫という重い主題が、確固として根づいて行ったことの確認となる。(12)

若き日の柔軟な時期に、欧米中心の文学作品を濫読《らんどく》し、そのことによって不倫のテーマに気づいたとなる靖ゆえ、ここでは、『マダム・ボヴァリー』―「破倫」―『猟銃』とつながる受容・応用の系譜として把握されよう。

四　ヴァレリーの詩「若きパルク」他の受容　「蛇」の材源

登場人物の内面に潜む《業《ごう》》のようなものを掬《すく》いとったものか、『猟銃』のポーランド語訳本（一九六六）では、表紙に「蛇」風の不思議な模様がデザインされている。しかも全体のタイトルが「HAORI」とある。これは「みどりの手紙」と「彩子の手紙（遺書）」にある「結城の羽織」に依拠し、同時に後者の手紙の中から採った「蛇」のイメージに、意味を持たせての措置であったようだ。プロット上の要点である「羽織」と「蛇」の重要性が強調されたわけである。

何時か貴方は、人間は誰も身体の中に一匹ずつ蛇を持っていると仰言った事がありました。京都の大学の理学部の竹田博士にお会いにいらしった時の事です。〔…〕その時貴方は冗談に其処にある標本を覗き込んで仰言ったものでした。これは彩子、これはみどり、これは僕、みんな人間は一匹ずつ蛇を持っている、大して怖がるには当たらないよと。みどりさんのは南方産の小さいセピア色の蛇で、私のと仰言《おっしゃ》ったのは、これも小さいが真白い斑点が全身を埋め、頭だけが錐《きり》のように鋭く尖っている濠洲産の蛇でした。あれはどう言うおつもりで仰言ったのでしょうか。貴方にその後その事についてお話した事はありませんでしたが、あの時のお話は妙に胸にこたえて記憶され、その後でも時々、人間の持っている蛇とは何であろうかと、一人で考える時がありました。ある時は我執、ある時は嫉妬、ある時は宿命でありましょうかと。

〔…〕我執、嫉妬、宿命、恐らくそうしたもの全部を呑み込んだ、もう自分の力ではどうする事も出来ない業《ごう》のようなものでありましょうか。

原文の一部を引いてみた。ペンを執る〈彩子〉は、かつて〈三杉〉が話したことを書き出し、自分の胸に問うように〝我執、嫉妬、宿命、恐らく〔…〕業のようなもの〟との《解》を持つにいたっている。『猟銃』の主題である「孤独」の視界にはまる、示唆深いパラフレーズであるが、一体、この「蛇」のイメージの源流は、どの辺りにあったのであろうか。いわゆる創作材源上の問い質《ただ》しである。

＊

そうなると在処《ありか》は見えやすい。靖が京大時代に親しんだ、ポール・ヴァレリー（一八七一～一九四五）の詩と詩論が解答として眼前に現れ出るからである。しかしてそこには、海辺の乙女の独白による長詩「若きパルク」（一九一七）、および、万物が心地よく眠るエデンの楽園で麻酔から覚めた蛇の独白「蛇の素描」（一九二二）が存在しているのだ。本人は訳本で出会っているのだが、幾人もの訳があって特定するに至らないので、ここでは、鈴木信太郎訳『ヴァレリー詩集』（岩波文庫、昭和四四）に収まる「若きパルク」の一節を取り出してみる。

あらゆるわれ。まさに己《おのれ》に属するすべて、わが肉体の主《ぬし》なる女、
戦慄により肉体のわれにも解《わ》かぬ広袤《こうぼう》を硬直させて、

わが快《こころよ》き束縛の中に、血潮の流にも　宙に吊《つる》され、
うねうねと、われは　己《おのれ》を見るわれを　見て、視線より
視線へと残る隈《くま》なく、深奥のわが身の森を金色《こんじき》に彩《いろど》り居たり。

ここに　われは、われを噛みたる一匹の夢中の蛇を追ひゐたり。

このような調子で延々と「蛇」の独白が続く。「蛇の素描」でも、「お前が誰であろうとも、お前の魂が／自己を愛する時、魂の中に現れる　この／満足の快感こそ　蛇の俺ではなかろうか」との詩行を挟み、長い独白となっている。大学の卒業論文の題目が「ヴァレリーの『純粋詩』論」であったことでもあり、「若きパルク」や「蛇の素描」などは、靖が身近に置いた受容作品であった。後日の作となす『猟銃』の、「蛇」の材源へとつながったとなる。
人間の内なる《業《ごう》》の問題を別の表現に言いかえての、悪意なくとも諸々に転がる、作中人物たちの生の断面を抉《えぐ》るに恰好の材源、それが神話時代から続く「蛇」（『旧約聖書』創世記第三章第一節に登場）の意味・イメージの応用であった。国境を超えて『猟銃』が読まれる、その素

材面での効用につながっているのではあるまいか。

五　イプセンの『人形の家』に触発　新型女性の創造

『猟銃』の作者は、その新しさを実現するために、新しいタイプの女性像を創造した。このことを思いつかせるのが、先行作品としてのイプセン（一八二八～一九〇六）の『人形の家』（一八七九）である。耐える人形のような妻であることをやめ、一人の独立した人間として生きようとするヒロイン〈ノラ〉が、鏡となっての見え方とでも言えようか。

靖の言葉に出会っておきたい。彼が新聞社の文化部副部長（デスク）の席にある時に綴ったエッセイ「美術断想」（昭和二一・一二）の中で、次のように言っている。（傍線は藤澤）

「世界文学」誌上で桑原武夫氏も指摘していたが、[13]イプセンの『人形の家』の公演を、なんとなく古いと感じとる知識人の教養はまことに不可思議なものと言わねばならない。『人形の家』の持つ主題こそ、日本人の生活の面においては全く今後に属する問題であり、その意味で古いどころか、新しい明日の演劇である。併し事実としてこれを古臭いと考えさせる異様な教養をわれわれは持っているのである。今更『人形の家』でもあるまい、という考え方はわれわれの頭の中のどこかに根強く巣喰っているのである。『人形の家』に限らず、すべての文化は、われわれの生活感情には全くお構いなく一つの観念として頭の中にのみ摂取され、受容されているのである。

言わんとするところは傍線部――戯曲『人形の家』の主題である《女性の自立》は、二十世紀の半ばにあるいま、いわゆる「新しい明日」を必要とする女性たちにとっての宿願にして、先々の命題であること。このことを『人形の家』を古いと感じる知識人が自覚し、その古い考えを改めて、女性の自立を支えなければならない、という部分にある。かつて女性運動家の平塚らいてう（本名・奥村明《はる》）らが、女性の自立・解放を標榜して活動を展開したが、その考えのもとも『人形の家』にあった、ということをも念頭に置いての発言であったと思われる。

注目すべきは、このように書いた靖の、対象や情況を察知・判断する、その確かさの裏に、自己へと負荷をかけていたことである。それは新文学の発現としての自作に、適宜にストーリーを背負う女性三人という造型上の工夫で、むろん『人形の家』に触発されてのことであった。

タイプの新しさという点では、とりわけ〈みどり〉にそれが著しい。彼女は、新制作派の画家〈松代〉と浮名を流したこと、少年騎手〈津村〉を可愛がったこと、左翼くずれの文士〈妹尾〉を連れ歩いたこと、唇がむくれ上がった少年の面倒をみたこと（結婚式まで上げてやったこと）、自分から離婚を宣言して、洛北の八瀬の別荘と宝塚の別荘を要求したこと、そして住み慣れた家を出たこと等々。たしかに不徳と美徳、忍苦と奔放の形姿をさらしたが、そのようにして強くなり、自立し得たわけである。家を出た〈みどり〉には、『人形の家』の〈ノラ〉の投影が認められる。

まったくタイプが異なるが、この〈みどり〉を苦しめた〈彩子〉とて、新しい女性の一面を持ち合わせている。明石の資産家の一人娘である彼女は、入り婿の夫〈礼一郎〉の不始末（若

*

い女が不義の赤子を抱いて出現）に怒り、五歳の娘を連れて家を飛び出し、働いている様子でもなく（生活費の出所は不明）、近くに住む従妹の夫〈穣介〉と不倫関係に陥ってしまうが、この背徳の歩み自体に、秘めたる自立の形を留める。自滅者を母にもつ〈薔子〉にあっては、挫《くじ》けずに《明日の自分》をみつけ、決然と〈みどり・穣介〉に別れを告げる、強さをもったニュータイプである（おりからの放恣で退嬰的な一部若者の傾向＝アプレゲールの対極にある）。

靖にとって『人形の家』は、教養の範囲内にあったかもしれないが、それでも、桑原武夫の折り折りの発言などを介してそこへとテレパシーを通わせ、創意につなげていたものと考えられる。『猟銃』の成立の背後は、いろいろと劇的であった。

4章

世界に誇る新ロマン

作者の記念碑

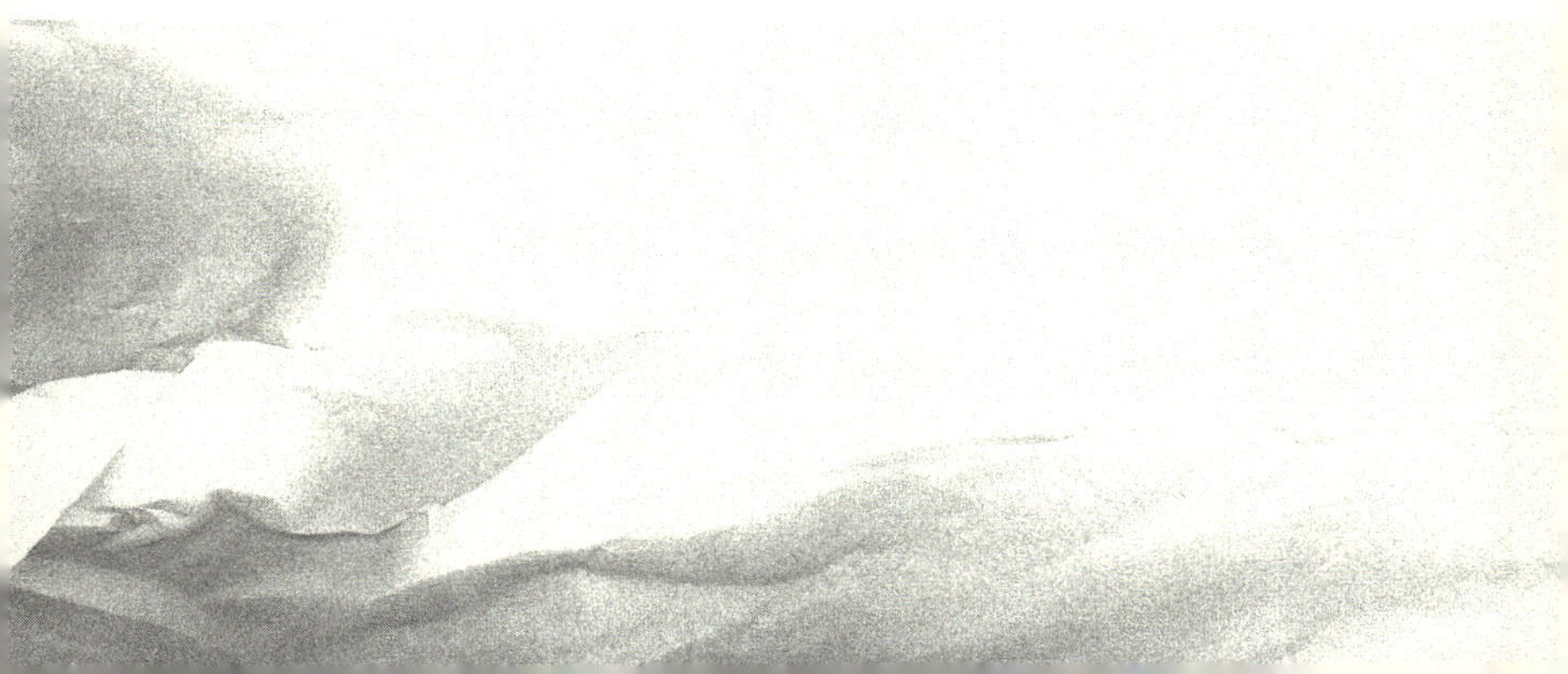

一　サスペンスフルな仕掛けの凄み

小説『猟銃』は、人間の理性ではどうすることもできない心の動き、いわゆる「業《ごう》」なるものを気づかせ、そこに刺さる「孤独」という普遍のテーマを炙り出せる、ニュー・タイプの作柄である。点灯をみた話界の構造分析をすすめると、①一人称の語り手のものとする詩作・発表によるもの＝表層譚と、②手紙形式による人物間の葛藤・悲嘆展開＝内層譚とで二元化し、この①と②が詩「猟銃」によって一元化をみる光景として開けている。その極まるところにはまったキー（key）こそ、詩句「白い河床」で、これが①と②をつなぐ回廊を兼ねた話題装置の心臓部をなす。

すでにこの段階で主観の混入が著しい。リリシズムで薫る前記の回廊を、その発見者とも言うべき〈三杉〉が手紙を通過させたという劇性のもと、以下「業」の詰まった女たちの影が動くように展開していく。例えば、T・S・エリオットの言う第一の声＝詩人が自ら語る声・詠嘆から、それらの手紙を書いた人の声へと変わり、手紙の受け手（「業」の詰まった男）にだけ届かせたものが、いま、メインの座で語る〈私〉の耳目へと届いている。――ただ心を澄まして聞き入るのみだが、発する言葉がないといえども、自分の心の中にいる観客＝物語の外側にいる読者との間に、人生に対する思惟をもたらしている。

手紙の公開が、即、究極の私事の暴露となっていることゆえ、彼女らにとっては残酷な展開だが、結局、陰にいて演出役にならされてしまった〈三杉〉とて、外部の目には同情の届かぬ、否、顰蹙《ひんしゅく》をかうような人として写る。いわばぼろぼろの孤独な中心人物と言えるであろう。語り起こして冒頭部と最後部で声を出している、己でないものの媒体＝他者の手紙でもって描出につとめている〈私〉に、新しい《話者像》の定立を認め得る。

＊

発端のトポスが天城の狩場へと通じる間道で、その《場》に〈私〉と〈三杉〉の接点があったという偶然、また〈私〉の詩的表現力と、それを解して感慨を増幅させた〈三杉〉の人間性とが、あたかも《化学反応》を起こしたかのように響き合ったという偶然――この二つの要素が機微して、不意を突く〈三杉〉の出現があった。何たる人間的な接寓譚！　驚いた〈私〉は語る人へと変身し、手紙のペンを執った彼女らによる独白三場のシーンを内在せしめたとなる。これにより暗示の効いた「白い河床」という〈三杉〉の問題が、その《解》を文脈に潜めて読者の目を刺激するのである。

最終局面で「書斎の北の窓」から省線電車の「スパーク」が目に入っているのであるが、この外界現象＝電気火花の射し込みにも、汲むべき意味がありそうだ。恣意を狭めて従前の経緯につなげるならば、その閃光は〈彩子〉の霊気であるかもしれず、人間の内なる「業」とも「宿命」とも言えるようなものの暗示とか、あちら側（手紙関係者）とこちら側（語る〈私〉）との間の切断の合図とも解せようか。効用が絶妙である。（いわゆる「閃光」の類は、以後の作品にしばしば用いられていく。最後作『孔子』におけるそれは「雷光」であった。）

作風が劇立てであることで、比喩を強めて言えば、手紙の三段重ねとして開かれている《レター・ノベル》の内界は、これを天空に上がった《手紙爆弾》がはじけたような絵図とも、玻璃の器の中の《葛藤劇》とも形容できる。夢幻能的な読み物の世界であって、作者にとってはこれのみの、新時代に放った挑戦作、いわゆるヌーボー・ロマンの達成であった。（いわゆる神秘思想といったものが、ヴァレリーの受容を介していくらか及んでいるかもしれない。）たくさんの言語に翻訳・変換され、地球の裏側からの支持があるのも、かくあって精巧きわまる、純度の高い文芸性によっていよう。

＊

いわゆる《家》の制度としてのものの壊れ方が著しく、個々人の帰属性が揺らいでいる。交わり合う人たちのテーリングは衝撃そのもの。話者が自分の私生活を明かさず、終始「猟銃」詩関連の成り行きをもってアレゴリカルに語っている。心が休まるようなエンディングなど、まったくありえない構造である。ストーリーが終わってもある種の気配、あるいは余情がともなうのも『猟銃』ならではのこと。このように作柄が斬新な裏には、仮構の工夫が、方法として厳しく要請されていた。それを心得ての創出であったとなり、この一作に賭けた作者の執念が浮き彫りになる。『猟銃』には、以後の文業の核となるものが詰まっている。

二　「手紙を読んだ後の私の感懐をここに記すことはやめよう」とある理由

語り手である〈私〉が、三人の女性による三本の手紙を開示しながらも、「私はこれを読んで、いやこの手紙を読んだ後の私の感懐をここに記すことはやめよう」と、最初から断りをいれている件だが、その理由は語られていない。①単なる記述拒否か、②手紙を書いた女性たちに迷惑をかけたくなかったからか、③他の理由によったか、のいずれかであろう。主題に絡むので看過出来ない要衝点の一つであるが、語りの口上にのらなかったのはどうしてか。

読者の鑑賞行為に負荷せる《謎》である。物語の効果として十分なるものがあるのだが、いわば《穴埋め問題》のようなもの。それなる《解》は、すでに開示をみている手紙の中から探せばいいのだ。しかして、いま挙げた①は論外で、②でもなく（すでに〈三杉〉の段階で黒塗り箇所があり、〈私〉の手許でも配慮済み）、③であろうと考える。語りたくなかったのではない。その理由となるものが、〈私〉の開示による手紙の中に含まれていて、気づかずしてそれを読者が受け取っていく（いた）からである。（話者には手抜きがない。読みの急所まで示唆したとなり、趣向の凝り方が際立つ。ちなみに、ここでの話者の立場は、例えば、ニュースを担当するアナウンサーが、番組中で個人の感情や思想を決して述べないのに似ているようでもある。）

＊

もとより口の噤《つぐ》みの背景には、本質的な問題が潜んでいる。その肝心なところが、いみじくも〈三杉〉が〈彩子〉に向かって指呼した仮託表現＝「人間の持っている蛇」という抽象につきる。これなるものは、因果の道理によって後に必ずその結果を生む身体・言語・意心の三つの行為、すなわち「三業《さんごう》」といったものの応報と言ってもいい。いわば人間存在の根本をなす原理ゆえ、あえて個人に特化して語るにしても厄介であり、この場で気楽に講釈するわけにはいかない、ということなのである。（「私の身体の中には一匹の蛇が棲んで居りました」と言った〈彩子〉が、これを解して「我嫉・嫉妬・宿命…」と言ったこととも照応する。）

エピローグで、窓辺に立った〈私〉が「あの三本の手紙はなんであったろうか。彼は、あの三本の手紙によって、何を知ったと言うのか。そこから知り得た新しい事実は何もなかったのではないか。みどりの蛇も、彩子の蛇も、彼はとうにその正体を知っていたのではないか」と科白する、その口上の中へとすべてが収斂している。（喪に服している〈三杉〉の、精神の風景としての「孤独」という主題を透かし出している。）すべてはここまで。他者の人生の深淵を覗き見た〈私〉が、溢れんばかりの感慨にふけっているのに口を噤み、庭の黒々とした闇を覗きこんで出番を終えるが、その残影には哲学的なニュアンスが漂っている。

＊

それから、ことが主題に直結しているということで「孤独」の問題が絡む。この件については、作者の後日の発言に注目したい。すでに掲出ずみの「ホノルル読書会」での発言に――「孤独の深さは付き合えば分かるけど、絵では分からないんです。媒介物がないからですよ。孤独は文字で書けます。しかし見えませんね。非常にけじめがつき難いんだ」とあった（2章「孤独のポエジー」参照）。これすなわち、「白い河床」という詩的リアリズムを補完する、『猟銃』の主題の解析をたすけるのだ。砕いて言えば、当該者たちの切実な胸の内、その「孤独」に特化して語るとなると、おのずと「媒介物」が必要になり、そうなると話者たる《私の物語》になりかねない、という危惧すら生じるからである。単純ならぬ「感懐」の制御だが、これも作者の創作理論に基づく、深慮な措置であったとなるのである。

三　「不倫」に関する法的な側面

不倫展開にかんがみ、例えば、文学史上の事件とされる、北原白秋や有島武郎が陥った辛酸(14)、すなわち、姦通罪の問題につながりはしなかったかどうか、と言った法的な側面にも留意が及ぶ。そもそも〈三杉〉と〈彩子〉の初デートが昭和八年十一月で、初不倫宿泊旅行が翌年二月のこととて、「大日本帝国憲法」下の刑法第一八三条の「姦通罪」に抵触するか否かということであるが――。同法は「配偶者のあるものが、配偶者以外の者と性的な関係におちいる罪」の規定で、具体的には「有夫の婦人が、夫以外の男性と性的関係をもった時、夫の告訴をもって本罪で処罰される」となる。それゆえ、一人身の〈彩子〉の行為は、処罰の対象とはならなかった。一方の妻帯者の〈三杉〉は、男性ゆえ最初から同法上の安全圏内にあった（何たる不平等であることか）。

ちなみに夫のいる〈みどり〉が、かりに他の男と性的関係をもった場合には、夫である〈穣介〉の告訴があれば妻と相手男性が罰せられるとなるが、彼女にはそのような逸脱がなかった。法的に闘う手段を持たず、かといって許容出来なかったがゆえに、〈みどり〉の歪んだ反抗と従姉の〈彩子〉に対する怨念の深刻さがあったのである。

　物語の発端部にはまる〈門田〉の不倫も、男に甘い同刑法の適用外のことだった。その不倫を許さなかった〈彩子〉が、従妹の夫と不倫して自死の道を選んだのであるから、彼女は、大いなる自己矛盾＝不条理を身をもって生きたとなるのである。間違いが発生するのが人生だとしても、彼女の《終息の形》には救済がない。いわゆる日本的な《滅びの美》と言えるものなどは皆無なのである。

＊

　なお、そのような生の切断の仕方は、同じ作者の以後の常套的な方法となっていく。例えば、下山事件を扱った『黯《くろ》い潮《うしお》』（昭和二五・七～一〇）の〈はるみ〉や、奈良の東大寺の過去帳をも題材にかかえた『青衣の人』（昭和二七・一～一二）の〈暁子〉のような《自殺者タイプ》を数えるにつけても、このような直感がはしる。つまり〈彩子〉は、作者のそうした創作傾向の源流をなす、象徴的な女性でもあったのである。

四　登場人物に影曳く戦争の痛み

いわゆる日中戦争・太平洋戦争という壮絶な時代下、国策・戦況・社会情況など多くの情報が集まる新聞社という職場環境にあって、すでに北支従軍体験を有する靖は、おのずと戦争の意味を問い、批判の心を強めていったに相違ない。このことは、大切な三十代に一篇の物語すらなさなかった、その空白情況を見ても明らかである。ペンを擱いた期間と戦争の時代とがおよそ重なる以上、作品の深層には、粛々たる戦争批判の心が沈着していないはずがないのである。

おりからの社会的な情況を伏せ、無色透明のようにあって戦争嫌悪の心に染まる下地（画布）に、人間関係の破綻を描いた『猟銃』は、奇抜だが美しい絵巻である。戦争と平和の境目の荒廃期にありながら、そうした政治的・社会的情況にくみせず、洋の東西を問わぬ普遍的な題材＝男女の心の通い合わせの問題と、親族間の瓦壊の経緯が、発端の時点にまで行き来しつつ現時点の寓話として眼前化している。戦争批判の心をじかに現わさず、深く潜行させたことで、所与の純粋小説の体をなしたのだ。表現が思想を包み、言葉がそれに密着した作立てには、周到な計算式があったことを窺わせてもいる。

『猟銃』として組み上がったロマネスクに《愛は光か闇か》を問うだけでは、作者に足を掬われてしまいそう——。詩人たる語り手が、自作に対する外部の反応として抱え込むことになったのが、己が散文詩から現われた人物によってである。かくなる虚界の、曰《いわ》く因縁めく孤愁の心の実体が、投射するという仕掛けゆえ、この物語は、実存上の哲学的な深淵を窺わせているが、その底の戦争批判の心へと、読み手の目が及ぶことが求められてもいよう。

三木清の獄死（昭和二〇・九）、天皇の神格否定宣言（昭和二一・一）、政治と文学の論争化（昭和二一・八～）、新憲法の公布（昭和二一・一一）、新語「アプレゲール」の流行（昭和二二～）等々、世の中の激変で文学・文壇の事情が更新する中での挑戦——。それが本作『猟銃』の幕の上がり方であった。作者が、詩を書き始めた若き日、意識的にヴァレリーの『純粋詩』論に親しんだことも影響しているであろう。『猟銃』には、そうしたかっての詩論・詩作の鍛錬によったものが反映していると言うべく、この作品は、小説に関係しない要素＝夾雑物を含まぬ、アプリオリな純粋小説である。

作者が心身に刻む哀しみ——戦争の痛みと、疲弊した社会の現状に対する憂いの感情を、物語が乗る岩盤の底に沈め、あくまでも愛情問題に特化し、愛と不倫の問題を串刺しにして、究極のどんでん返しという喜劇めく悲劇の《話界》を構成している。かくもシンプルな〈私〉の語りの舞台は、実に暗々たる闇の中に浮かび上がっているのである。

＊

周知のように、井上靖には《戦後的な主題である「戦争」を書いてほしかった》との声があった。文学史上の人としての期待が大きかったからである。しかし、表現者としての彼は、戦争問題に無関心であったわけではない。事実は逆で、野間宏や大岡昇平のようには、大々的に作立てなかったといえども、靖は人一倍戦争問題に執着していたのであって、戦争というものを、当該キャラクターに抱え込ませ、心と振る舞いの中に深い陰影として背負わせている。

とりわけ〈彩子〉の場合、決して前を向いて生きようとはせず、過去の自分にこだわり、戦争の時代の自分の心と行動を清算、すべてに終止符を打った。自分の《誓い》に忠誠をつくして死んだ。たしかに《心の中の鮮度》を保ったが、それ自体が、例えば、皇軍兵士の心得手帳にもあったような《自決》を思わせる、虚しい玉の砕け方であった（命の重みを質《ただ》してもいる）。

物語の火種を抱える〈三杉〉とて、いわゆるショービニスト（極端な愛国主義者）とは縁遠い。否、あの軍国主義によるものの憂鬱かつ虚無的な影を引いている。

そもそも〈みどり〉にとっての屈辱の、〈彩子〉には「死」と背中合わせのようにあった「十三年」という時間単位は、いわば掛詞としての含みとしてあるのではないか。物語の設定上、これが十年でも十二年であっても筋は動かない。なのに、この自走せる時間幅をもっての作立てゆえ、そこにある種の意味の埋設がありそうだ。例の「日記」中の「罪」という自覚語の書きつらねがあるからといっても、これがキリスト受難日にちなむ、伝承化せる忌み数字でもあるまい。だとしたら、結構のタイミング＝おりからの極東軍事裁判を考量しての、あの刑台への道、いわゆる「十三階段」が、暗喩となっているのではあるまいか。みずから上った〈彩子〉の自裁ぶり、そしてA級戦犯との烙印入りで猟場をさまよっているかのように映る〈三杉〉を見るにつけても、この一作には、戦争による痛みの影さすものがあるように思われる。

いずれにしても作者は、じかに戦争問題を表面に浮かばせず、ひたすら人間の愚かさや我執の問題に特化し、哲学的に思惟してロマンを組んだ。個人と社会とのつなぎ目すら曖昧のまま、自分の《思想》を沈ませ、物語の魅力を伝えているということである（発見されるべき面白さを示唆してやまない）。

五　『猟銃』は作者の記念碑

愛と人間関係の壊れ方は、戦いを挑んで敗れた惨憺《さんたん》たる日本の現状をも暗示するかのごとくである。《悪人が不在にして生の形が孤独》という、井上靖の特有の創作傾向を示す、その一斑の理由である。

この道――美的に孤独を描いて戦争の時代との決別を図り、風雪に耐えてひた歩む姿こそ、靖が求めた文学的な新生の形であった。その四十年余におよぶ文業を逆に見返しても、本人の持ち味のすべてが、この文壇処女作に凝縮しているのだ。

時空を超えて読者の心をとらえるのが名作である以上、日本文学の衰弱期に再生の火を点ずるがごとくに世に出た『猟銃』の、その詩と物語の融合絵巻ともいうべき世界には、作品たる己のうちを通過した幾多の読者を振り向かせ、引きとめ、人間の根本問題の思惟へと向かわせる、メタフィジカルな《ロマンの力》がある。

つらい戦争の時代が終わった後の世の中の混沌を逆手にとって、靖は一つの新しい創作法をあみだし、日本語の持つ表現の美しさを知らしめ、それによって猛ダッシュにつなげた。『猟銃』は、そうした営為の記念碑にほかならない。この名作の背後には世界文学の森がある。

物語の蓋が閉じた後でも、靖は、サスペンスフルな読み物を書きついだ。二年後の昭和二十六年七月、雑誌「別冊文藝春秋」第二十二号（夏の小説号）に寄稿の短編『斜面』である。一人称〈私〉の独白譚で、プロットは「鉄砲を肩にしている間だけ、自分が本当に生きているといった心の落着きを感ずる」己が陥った蹉跌《さてつ》——天城の山中で雉《きじ》を撃った直後、足元に落ちていたハンカチを拾って妻の浮気に気づき、日を経て逢瀬の現場を目撃して銃口を向けたが、彼女の気持ちがわかっていない、否、人間としての自分の問題にも思いがめぐり、いつしか内なる「精神」に照準が合ってしまう——。もはや猟具にとどまらぬ、この「復讐」の具「猟銃」とは何なのか。妻と若者の様子を覗き見つつ斜面で考え込む——。文字通りのパラドックス展開である。

明らかに『猟銃』の続篇である。とりわけ〈三杉〉の複雑な心域へと反射する仕掛けとなっており、彼の悩める心の闇へと分け入る際の補助コードとみなし得よう。派生作品ではあってても、組み上がったロマネスクの奥が深い。

付章

視界の拡大へ

作品成立の後と前

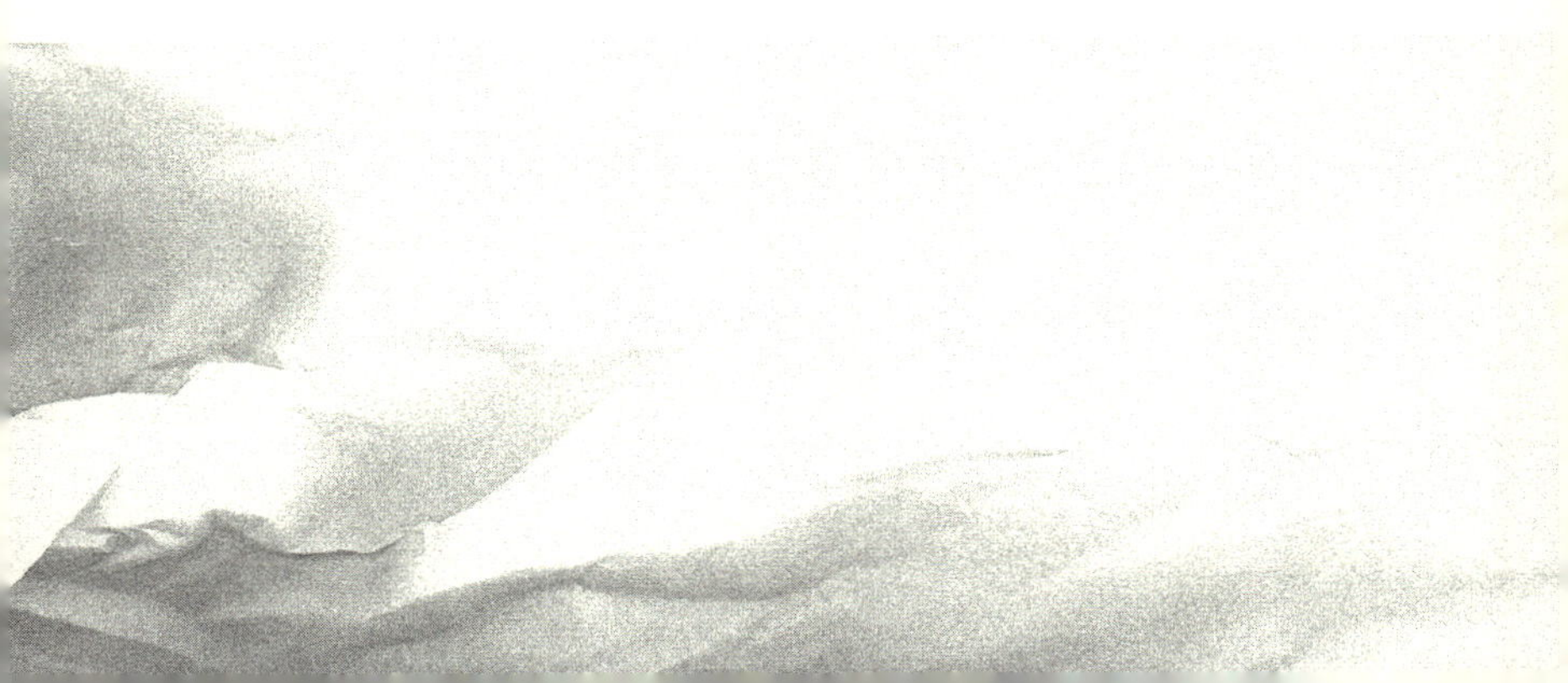

一　ハワイにおける『猟銃』座談会

1　小説『猟銃』と映画「猟銃」の間

井上靖の小説は、女性の愛読者が多いと言われる時期があった。「愛に悩む女性心理のひだを陰影深く描きわけるムードが魅力なのであろう」とは、批評家小倉真美氏の映画批評である（「日本映画批評 猟銃」『キネマ旬報』昭和三六・一、下旬号）。このようなことも「猟銃」制作上の狙いとなっていたものか。昭和三十六年一月、松竹映画となった。監督・五所平之助、脚本・八住利雄、配役・佐分利信（三杉穣介）、山本富士子（彩子）、岡田茉莉子（みどり）、鰐淵晴子（薔子）、佐田啓二（門田礼一郎）他、「豪華キャストの作品で、内容も甘く女性中心に好調」（同）であったという。

この映画は海外へと移出した。ハワイ興行となったのは、昭和四十二年八月九日〜十三日の

The Hawaii Times 【木】 一九六七年八月三日

婦人と生活

作者、井上靖氏かこみ「獵銃」座談會

人間の孤獨は愛で充たされるか

作者を囲む「猟銃」座談会　「The Hawaii Times」1967年8月3日

五日間で、おりよく靖が、ハワイ大学太平洋言語学部の夏期講座の講師としてホノルル市に滞在していたことから、この機会にと七月二十七日、ワイキキの日本料亭京屋で「『猟銃』座談会」が開かれた。出席者は、尾崎貴吉（ハワイ・タイムス支配人）、早坂浄（日航広報課長）、古谷亮（日本劇場支配人）、芥川笑子（コホ放送司会者）、牛島秀彦（ハワイ大学東西センター客員・哲学専攻）、木原淳子（ハワイ・タイムス記者）、ハロルド桑原（雑用係）の七名。これに靖夫妻が加わり、晩餐を兼ねて盛り上がりをみせた。

日系新聞「ハワイ・タイムス」では、八月三日の「婦人と生活」欄に大特集を組み、仔細を伝えた。以下に発言の主要部を取り出してみる。すでに本章において主題は「孤独」であると解き明かしてあるが、ここでの靖の「主題」発言は、それの補完としての意味をもつ。（拙著『井上靖の小説世界―ストーリーテラーの原風景―』〈平成二六、勉誠社〉の巻末に収めたものの一部再掲）

2　主題に関する靖の発言他

『猟銃』の主題

古屋　近々中に日本劇場で上映される「猟銃」の原作者井上靖先生が、こうしてハワイに来られましたので、この機会を選び、今晩は先生にいろいろお話を聞きたいと思っておるしだいです。

井上　ホノルルにまいりまして「猟銃」が上映されるのを嬉しく思います。「猟銃」は私が作家としての最初のスタートを切った作品で、二、三日前に書いたような気がするのに、もう一七、八年たちました。発表するのに大変苦労した作品ですが、どうしたものか「文学界」という雑誌にのり問題になった。「猟銃」と第二作目の「闘牛」が芥川賞の候補となり、「闘牛」が受賞しましたが、現在、私の作品を代表する幾つかが選ばれる場合、「猟銃」の方が多いと思います。発表するのに難渋した不孝な作品でしたが、今では「猟銃」は一番幸運な作品であります。英訳されてタトル社（米）から出版され、フランス、ドイツ、ルーマニア、ポーランド、イスラエルでも訳され、一番多く外国語に訳されています。

戦争後、既に私は四十歳を過ぎていました。若い三十代は戦争で完全になくした。その後に何をしたいか、それは自分を表現するしかなかった。そして「猟銃」を書きました。はじめ「猟銃」の詩がありますが、それは中年男の孤独を書いたものです。弾丸のバンドを締めたり、猟の服を身にまとったり、猟銃を肩にして、その重さにおされる、孤独の重さ、中年男の孤独、それを三つの立場にある三人の女性の手紙で物語ります。これは男女の物語といわれますが、愛を真向から取組んでいない。モチーフは中年男の孤独です。それを五所さんが映画化なすった。自分のことをいうようで、いいとか悪いとかいえないが、大変気持ちよく観られる映画だと思います。

芥川　作品の映画化で人物のイメージはあると思うのですが、「猟銃」は適役でしたか。

井上　そういわれると困るんです。山本さんも岡田さんもうまくやっておられる。しかし作家のイメージは一つしかない。世界中の女優さんを持ってきてもイメージは合いようがない。

世の中から自分のイメージに合った人を探すことは無理なんです。そして映画化によって、私から離れて五所さんのイメージになる。岡田さんと山本さんが五所さんのイメージにあっている。小説と映画は全然違ったもので、五所さんが作者井上靖のイメージを大切にしようとは思ってないでしょう。お思いになったら駄目なんです。
　しかし私の作品が映画化される場合、映画監督にはこれだけは守ってもらいたいというのは主題である。映画の観客にどのようなものを与えようが、主題だけは一緒でないといけない。自分は中年の孤独を書いているのですから、それだけは五所さんの作品と一緒でないといけない。それとももう一つは作品のニュアンスです。例えば、私が叙情的なものを書いたにも拘わらず、叙情を離れたドライなものになっては、まるで変ってしまう。

〔続いての芥川・牛島・尾崎の三氏の発言略〕

早坂　〔…〕「猟銃」をみて、特に男性の立場から女性に対する批判的なことを考えたのです。というのは、一つの結婚に破れてみじめな状態にあった女性、山本さんが演《や》っていた彩子ですが、次の誘いに感じてさっとその愛を受けとめる。どうも女性には、生まれながらの娼婦の性格があるのではないか。

愛のかたち

芥川　あれはそういうふりをしたのです。自分をごまかしたからできたのであって、期間をおいて本当の愛情だったら、最後の彩子の自殺は考えられません。

井上　女と男というものを正面きってみると、別に書き方があると思うんです。現実にはお互いに別れてしまった方がよいと考えても、生活のために別れない人も沢山いる。好きでなくても今自分が離れれば駄目になるとすれば、離れないでしょう。それも愛ですね。しかし本物の愛ではなく、広い意味での愛ですね。愛はいろんな沢山の形が混ざりあっている。男と女が一つの愛を守るのは大変なんです。

ただ私は、余分なものを捨てて夾雑物のはいってない真実の愛を追っていく、という作家の立場に立っています。一つの実験ですね。愛の心理の流れ方、移り方を夾雑物なしに追っていく。生活苦、親子の愛というものは、外に書く人がいます。今の「猟銃」に関する限り孤独という言い方があるのかどうか。男や女がそういうものなんじゃないのか。それは別に人間の生活の否定にならないです。変梃《へんてこ》な妥協の大団円なんて描いてはいないのです。

芥川　彩子が自殺して、佐分利信の三杉が遺書を開く。私はとても悲しかった。

井上　(笑って)私も悲しかった。残酷だけれども、あれとして出さなければいけない。

芥川　そこに中年男の孤独をふと感じましたが…。

木原　私はね、中年男の孤独をテーマとした作品と聞きましたが、あのように魅力ある女性が出てまいりますと、中年の孤独というよりも、男女の愛を先に考えてしまう。主人公の三杉が彩子という美しい女性に執着して愛を求める、彩子も彼に応じた形をとる、結局、その愛は充たされない。お互いにますます寂しさが深まっていく。愛というものはどこまでも追っていっても、結局、われわれの手の届かないという気がするのです。

井上　私もそう思います。愛というものは一生かけて追いかけていくもので、満足な形では得られない。それは男と女の夢ですね。生きる一つの力です。ですから、各自が本当に満足する形で愛を掴《つか》もうとして、若い方は恋愛なすったらいい。家庭を持ち、夫婦になって自分たちだけは本当の愛を作ろうと努力なすったらいい。作れるかもしれないし、作れないかもしれない。作れたら価値がある、作れなかったら価値がない、というものではありません。作ろうとする努力は、男は男で、女は女でお互いに判ると思う――。

＊

便宜上、絞って取り出してみた。各々が『猟銃』を読み終え、それなりの発言材料を準備して集まっているのだが、どうやら《作品の本質的な把握が不十分らしい》と察した靖が、ならばと早々に創作上の「主題」を明らかにして、座談会の方向づけを行ったと見て取れる。良い雰囲気が窺える。惜しくも肝心の事柄（靖の発言内容）が現地に留め置かれ、作者自身による種明かし＝孤独が主題という部分が異邦に埋もれてしまった。しかしながら、靖の発言内容はきわめて重要である。また、あえて第一級の資料とするものである。

3　完成度の高い物語は映画化が大変

高度な文芸性ゆえ、『猟銃』の映画化には厄介な面があったようだ。脚本を担当した八住利雄氏に「僕としては、最も困難を感じたシナリオの一つである」（「キネマ旬報」昭和三五・一〇、下旬号）との述懐がある。事実、ストーリーに忠実とはならず、キャラクターの造型・配置・

動かしの上で、驚くべき原作離れがあった。例えば、原作では決して姿を現わすことのない〈門田礼一郎〉を、宿縁の人物としてステージの前面に立たせ、かつ、女性三人の立場や動きや血続問題までも組み替えて、物語全体の再創造を図っている。

とりわけ著しいのが、①〈門田〉がインターン時代に看護婦に産ませた子として〈薔子〉を当てたこと、②〈彩子〉はこの夫の不倫の子を引き取り、養女として入籍、連れて家を出たこと、③その後〈門田〉が経営している「門田病院」に〈みどり〉が入院していること、④この従妹を〈彩子〉が見舞ったこと、⑤病室を出た〈彩子〉と院長の〈門田〉が鉢合わせをしたこと、⑥自宅で病床に臥せる〈彩子〉を〈門田〉が訪問診察したこと――以上の六点である。ちなみに前記「キネマ旬報」に載る、八住利雄氏のシナリオより、別れて以来初めての顔合わせとなった⑤と、訪問・往診時⑥の会話の一部を取り出してみる。

▼⑤門田病院内の廊下（第四三場）

門田「薔子、達者でしょうか？」

彩子「ええ」

門田「ありがとう！（その声に真実がこもる）あの……もし時間があったら、ちょっと院長室へでも……」
彩子「門田さん（冷たく）どうぞ誤解をなさらないで……ただ従妹のお見舞に来ただけですから……」

▼⑥彩子の家の居間（第六三場）

彩子「（事務的にと努めながら）わたしの病気はどうですの？」
門田「精密検査をやらないとはっきりしたことは……これは医者として言うんですが……（改まった調子で）彩子さん」
彩子「何ですの？」
門田「今でも許してくれないんですか、僕の過失を……」
彩子「許すも許さないも…もうあなたはわたしにとって、過去の人なんですから……それもずっと遠い過去の……」
門田「そうですか……（見つめたまま）しかし今日あなたが僕をこの部屋へ通してくれた時、僕はひょっとしてあなたが……」

彩子「何をおっしゃるの？（喘ぐように）今も申し上げたばかりじゃありませんか。わたしはただ……医者としてのあなたを……信頼しただけですわ……」
門田「彩子さん……」
彩子「（大きな声で）門田先生がお帰りよ！」

――このようにある。先掲の座談会のなかで靖が「五所さんの作品」だから小説と異なるのは当然だとし、また、作品の「主題」と「ニュアンス」だけは保たれていなければならない、とも言っていたが、果たしてどうか。原作者としての感想は語られていない。映画は興行的には成功したようだ。

小説と映画の違いが浮き彫りになったいま、『猟銃』のロマネスクの味わい（本質の理解）は、この映画では無理というもの。やはり真の味わいは、原作によらなければならないのである。

二　桑原武夫の「第二芸術」論をスクープ化して論争に点火

1　新聞社にあって文芸の振興に一役

『猟銃』の生成の過程に目をやると、そこはジャーナリズムで活気づく、靖にとっての文化・文学を視座する《場》としてあった。いわゆる三度の応召～解除（昭和十二年九月～翌年三月）、さらに四度目もあり得るかといった不安（昭和十八年十一月に兵役法の改正で兵役年齢が四十五歳までとなった）、そして敗戦による、新聞メディアとしての反省と人事の入れ替わりにより様相が一変。しかも文化部副部長（デスク）に抜擢され、三十九歳にして立ったのが、新たなるこのステージであった。

むろん、文学的な高揚心を抱えてのことだったが、新聞人としての靖は、まず他社に先駆けて碁界の本因坊戦の復活に企画・尽力し、早々に（昭和二十一年七月）、高野山の普門院での橋本宇太郎本因坊と岩本薫七段との対局の現場を仕切った。そして特別企画、すなわち、桑原武夫の「第二芸術―現代俳句について―」（「世界」昭和二一・一一）の衝撃性に対して勘をはたらかせ、新聞紙上での論争化＝あたかもビックなスクープとなるような仕掛けを講じた。具体的には、桑原武夫と、彼に批判される側にいる山口誓子による新聞紙上での論争である。当時、直属の部下であった山崎豊子（作家）は、「不在のデスク」と題した追憶文の中で次のように証言している。（傍線は藤澤）

或る日、出社すると、井上デスクにしては珍しく早く出社しておられ、E記者を呼んでしきりに何か細かな指示をしておられた。暫くすると、E記者は「ちょっと仙台へ出張して来る」と云って出かけた。物理出身の科学記者であるE記者のことだから、東北大学で何かがあったのだろうと思っていた。ところがそれは当時、東北大の助教授であった桑原武夫氏に『俳句第二芸術論』の執筆依頼のためであったことが、あとで解った。

この『俳句第二芸術論』は、当時（昭和二十二年）の毎日新聞学芸欄〔文化欄〕のトップを飾り、その後、各雑誌も、これを追ったセンセーショナルな芸術論で、昭和の文化史に残るものだと思うが、企画者はほかならぬ学芸部副部長、井上デスクである。このように井上さんは、殆んどデスクを空席にする不在のデスクであったが、一旦、デスクに向われると、必らず、問題になるユニークな仕事をされた。いわゆる足だけで書く記者ではなく、机の上でプランをたて、詩的発想がなされ、まず頭の中で原稿を書くタイプの記者であった。

（『毎日グラフ別冊・追憶井上靖』毎日新聞社、平成三・七・二〇）

ながく埋もれていた事実の記憶、現れ出た記録であり、山崎豊子の証言に感謝したい。詳《つまび》らかになったことをもとに、また別にわかったことを加えて手順を追い、事実関係を整理すると、次のようになる。

靖が、①桑原武夫の「第二芸術―現代俳句について―」が、とりわけ俳句関係者の間で物議をかもしていることに目をつけ、新聞紙上で論争を企画したこと、②そのための先手として、まず俳壇の大御所である山口誓子に反論を書いてもらったこと、③山口誓子の反論文を桑原武夫に読んでもらって、彼に反論に対する再反論を書いてもらうためE記者を東北大学へと派遣、同大の助教授である桑原武夫の協力を得たこと、④かくして揃った二者の論稿を新聞の文化欄に対置的に割り付けたこと、⑤デスクとして紙面の趣旨を伝えるための、リード文のペンを執ったこと――以上となる。これすなわち、文学史周辺の未明部に対する照明にほかならない。（拙著『若き日の井上靖研究』〈平成五、三省堂〉の伝記の補充でもある。）

＊

周知のように、西洋文学の教養を背景にもつ桑原武夫は、日本現代文学の弱点、西洋文学研究の孤立化の現状を憂い、自国の伝統と近代、芸術性と大衆性といった矛盾命題に対して、その知見を据えるべく放った矢が、所与の「第二芸術―現代俳句について―」であった。

その主張の要点は、現代俳句が、①不完全表現（小手先の芸）に堕していること、②結社主義に陥り、弟子の数・発行部数・俳人の世間的勢力による評価となっていること、③もともとの俳諧における「脱俗」と「俗談」という矛盾原理を止揚した芭蕉の精神が形式化してしまったこと、④今なお「さび」「しおり」を説く俳人の多くが世俗的であること、⑤もはや大衆の間に超俗精神（高次の文芸心）が欠ける以上、現代の俳句は、第一芸術（芭蕉の俳芸を含む）ならぬ、第二芸術の座にあること、⑥ゆえに、こんな第二芸術は学校教育から排除した方がよい――というものであった。

論旨がこのようにあって、しかも影響力のある岩波書店の総合雑誌「世界」に載ったことから、以後、いよいよ文壇内外がざわめき出す。それを見越しての対抗軸の設定で、「毎日新聞」大阪本社版(昭和二二・一・六)の文化欄に、山口誓子の「俳句は回顧に生きず—桑原武夫氏へ—」と、桑原武夫の「俳句の運命ここに尽く—山口誓子氏へ—」の両論の併載という目的を果たした(ここでは文章内容の紹介を省く)。これよりいよいよ新聞社の外部では論難展開となっていったことは、文学史上の事件として知られる。

——このように判然となったものの、当該の「俳句は芸術なりや」と題した欄のリード文のことは、今もって知られていない。やはり靖の執筆物に変わりがないので復刻することとし、次にその全文を掲出する。

2　文化部デスクとして書いたリード文〈新資料〉

俳句は芸術なりや

戦争中もそうであったが、戦後いよいよさかんになりつつあるのが俳句である。それだけにこの異常な文化現象に対して桑原武夫氏が雑誌世界（十一月号）に「第二芸術（現代俳句について）」と題してよせた論文は読書人に多大の反響をよびおこした。氏は同誌上に現代名家の十句と無名作家の五句を作者の名を省いて並記して批判し、現代俳句は作品によって作家の芸術的地位を決定する困難を指摘し、俳句は小説や近代劇と同列に芸術という言葉を用いるのは言葉の濫用であり、強いて芸術の名を要求するならば第二芸術と呼んで他と区別せよと主張、他に職業を有する老人や病人の余技とし、消閑の具とするは自由だが、国民学校や中等学校の教育からは俳諧的なものをしめ出せといっている。本社はこれに対して俳人の立場から山口誓子氏に感想を求め、同時に桑原氏を再びわずらわしてその主張をえた。

（「毎日新聞」大阪本社版、昭和二二・一・六）

署名はないが、書き方から文体まで完全に靖のものである。この後で文壇入りした本人の文章として拾えるので、短いが新資料である。このような意識的な取り組みを一方に持ち、その高揚感覚のなかで書き進めたことが、何らかのかたちで『猟銃』の前衛性につながったであろう、との解釈となる。

なお、昭和二十三年七月、再び靖の企画・運営で棋聖戦（升田八段対大山八段）が高野山の普門院で行なわれた。この時の模様は日を経て、短篇『勝負』の題で「サンデー毎日」（昭和二六・二）の誌面を埋めた。東京本社の出版局書籍部副部長として移ったのは、同対局の約五ヵ月後のこと。『猟銃』が佐藤春夫の手を経て「文学界」誌上で日の目を見たのは、さらに八ヵ月後のことであった。叙情で潤う『猟銃』の成立・発表のプロセスまでもが、作者のジャーナリストの部分と不可分の関係にあったのである。

3　もう一つの動き「美術批評家サークル」結成記事〈新資料〉

新しい美術批評の確立を目差して、昭和二十一年十二月、関西を中心に「美術批評家サークル」の結成をみた。率先した一人が靖で、彼は自分がデスクをつとめる「毎日新聞」大阪本社の文化欄に、これに関する記事を掲げた。無署名ではあるが、明らかに本人の筆によるものと判断される。

彼の詩作開始直後のことであり、竹中郁らとの交わりや、美術批評の分野に対する関心の広がりが見て取れる。と同時に、後述するように関連してのつながりの発展ゆえ、看過し難くもある。以下に新資料として掲げ、その内容についても確認しておきたい。

美術批評家サークルの結成

美術界の再建に当つて各方面で批評の権威ということが問題になつている。新しい批評精神の確立とならんで新しい批評の形式の創造は当面の大きい課題である。関西の美術批評家、研究家の間にもすでにこの声がおこり総合批評、集団批評の必要が叫ばれている。その意味で旧ろう上野照夫（京大美学講師）竹中郁（美術研究家、詩人）井上靖（本社文化部副部長）氏等によつて「美術批評家サークル」が結成されたが、本社は今後美術展覧会の批評批判をこの「美術批評家サークル」に委嘱し、随時三氏のほかに適当な批評家の参加を願い〝真摯なる多くの眼〟によつて紙上掲載の美術批評に厳正を期することにした。

（「毎日新聞」大阪本社版、昭和二二・一・二〇）

見ての通りの記事文である。念のため要旨を把握するとして、二つのこと——、一は、「美術界の再建」を批評面から支えるという趣旨のもと、関西の精鋭、上野照夫（京大美学講師）、竹中郁（美術研究家・詩人）と組んで靖が主となり、「美術批評家サークル」の結成をみたこと。そして二は、「今後美術展覧会の批評をこの『美術批評家サークル』に委嘱し、随時、三氏のほかに適当な批評家に参加を願い」、自社の文化批評に厳正を期すというもの。文化部デスクとしてのアイディアと頑張りであるが、またそこに伏せられたモチーフ、文芸意識を芽吹かせ、いずれ文芸界への進出を——、という思いがはたらいていたように推察される。

ちなみに「美術批評家サークル」と冠して、三人による三本の批評文が紙面に並んだことがあるが、その個別の筆者の弁別が出来かねるケースがあった。そうした中にあって、表題「創造美術展を見る」（昭和二三・一一・一掲載）の一篇だけは、靖の筆に依ったとなる。（本人の生前中に編まれた、学習研究社版『井上靖エッセイ全集』第四巻〈昭和五九〉に自作のものとして収まっている。）

＊

文学史上の大きな動きにはならなかったが、これにより靖は、新たなる活動分野を開いている。メンバーの一人、竹中郁と組んで童詩と童話の雑誌「きりん」の創刊（昭和二三・二）である。大阪の尾崎書房を発行元とし、竹中郁を監修者に立ててはいたが、靖の役割は大きかった。全国各地の小学生の作品を選評したり、自作の小品「あすなろう」や「どうぞお先に」を掲げるなどして、普及と質的な充実に力をつくした。同誌は第六号（昭和二三・九）で終わったが、これは毎日新聞社の人事異動にともなう、靖の大阪離れが主な要因であったようだ。

＊

中央文壇へと照準せる靖の文学的フロンティア、その大阪時代の営為をこのように掘り起こすとき、渾身の作『猟銃』の執筆に平行しての『闘牛』の走筆も視野に入る。『闘牛』の場合、新聞紙の統制による分社化で「夕刊新大阪」に移った元同僚小谷正一氏より、同社の闘牛大会事業の情報を詳細に得、間髪を入れずに稿を起したもの。したがって先行未完の『猟銃』と、即事的に草した『闘牛』の二稿がそろって東京へと移され、すでに述べたように、前者が文壇デビュー作となった。大阪で構想・着手をみたこれらの背後史は、やがて本格化する文業の前奏かつ基礎の部分。その間にはまる前記の論争の仕掛けといい、前掲の二つの新資料といい、文化史的にも看過できないものがある。

井上靖は、不惑の齢四十（『論語』の「四十而不惑」）を前にして人生の賭けに出ていた。新聞界から文学界へと舵を切ることに《賭けた》こと（『闘牛』の〈津上〉に投影）を指す。その努力が実を結び、あの猛烈なスタートダッシュにつながったということであるが、陰には前記の二件を含む、新聞人としての経験と知恵があったということを見逃してはならない。稀有の業績をあげて歴史の中の生活者となった靖は、二十一世紀の人々に向かって多くのことを伝えようとしている。

三　石川啄木との近接・応用『猟銃』へと開ける視界

小説『猟銃』の作者には、いわゆる詩と散文の融合をはかる前の、その多感な青春時代に短歌との出会いがあった。文学愛好仲間がはまっていた啄木調短歌に啓発されてのことである。

詩に先立ってたしなんだこの短歌のエッセンスは、当然のことながら小説を書く上でも生かされている。

本章で扱った「みどりの手紙」に短歌を含ませ、また、以後の自伝的小説系譜に啄木短歌の挿入をみているなど、靖の啄木に対する親昵《しんじつ》の感覚は密けくして確かだ。このような実態にかんがみ、ここでは靖の、啄木との近接・受容の問題に探りを入れ、概略のリポートとして掲げる。

＊

明治の終焉時に肉体を喪失した啄木に、このとき生後四年十一ヵ月の幼児が出会える余地がないのだが、わずかに一度、旭川において近接がみられた。啄木は、明治四十一年一月二十日の午後三時十五分に旭川駅に降り立ち、駅前の宮越屋という宿屋に投宿、翌朝六時半の釧路行き列車で同地を離れただけだが、この時、靖は、同地の第二区三条十六番地ノ二号の第七師団官舎の一棟で、生まれて二五九日目にあった。北の大地からの離れ方の面でも相似る。すなわち、啄木が釧路港から函館を経て上京した時、靖も母親に抱かれて旭川を離れ、祖父の介護をうけながらひとまず湯ヶ島へと移っている。啄木にエッセイ「雪中行—第二信」（「釧路新聞」明治四一・

一・二五）があり、靖にエッセイ風小説『幼き日のこと』（冒頭章「旭川」昭和四七・九・一一〜四八・一・三二）があるので、条件を異にするといえども対応的であり、一方の表現者における受容・応用といった問題を浮上せしめている。

おそらく靖にとっての十代後半（沼津中学校時代）は、孤独だが文学グループと交わった、その限りでのベル・エポック（良き時代）であったようだ。「千本浜」と題した二行詩は「千本の松の間に千個の海のかけらが挟まっていた。／少年の日、私は毎日それを一つずつ食べて育った」との叙情としてある――。当時を回顧したエッセイ「わが青春放浪」（昭和三七）の中で、次のように述べている。

> 私は中学時代を静岡県の沼津で送った。〔…〕私の仲間は〔…〕いずれも学業には怠惰で、そのくせ読書好きな、早熟で、反抗的な少年たちだった。革命歌も啄木の歌もごく自然に口から出、〔…〕
>
> 私は仲間の中では一人だけ晩生《おくて》で、それまで文学には無縁な少年であったが、彼らのお蔭で小説や歌や詩を読むことを教えられ、倉田百三や武者小路実篤の作品などを、仲間か

ら借りて読むようになった。

文中の「私の仲間」というのは、一年先輩の岐部豪治、落第して同級となった金井広、はじめから同級の藤井寿雄らのこと。なかでも歌好きの岐部は、中学三年の頃から啄木歌集を愛読していて、

一粒の泪のかためし細かなる砂すくひあげ又泣き出でぬ。
かなしきはかの接吻なりそのあとにおどりあがれる我心なり。
人妻は遊女のごとくかなしかりそも早春にあればこそして。

といった調子の歌を詠み、グループの内外に啄木調風の叙情を披露していた。このような雰囲気に馴染んだ結果、靖も短歌の世界へと参入していく。そして「衣《きぬ》のしめり」の題下で九首を、卒業年の沼津中学の「学友会々報」（第三一号）に投稿した。

こゝちよき衣のしめりよ靄ふかき灯ともし頃の町をゆきけり
泣きなむと来し伊豆の海の夜は荒れて淡島かげのいさり火見えず
真赤なるゆふやけ雲よ母と来し峡の小町を想ひ出づる日

右は冒頭の三首で、あとの六首も同様の歌い方である。いまだ「ことば」の根柢に大きな思想性を滲ませていないといえども、靖にとっては、形式を踏んだ初めての叙情の発表であり、青春の形見となす。同校卒業と同時に文学仲間が四散し、受験浪人となった靖は、短歌から離れたかに見えたが、移った先の金沢で、岐部がジフテリアで亡くなったとの報に接するや、

笑えざる吾心かも
強いてあげし空虚の声のこだまする秋。

○

今宵みる
人の歩みの寂しけれ

靄おりたてよ歌うたひなむ。

を含む八首の挽歌を詠んだ（大庭景申当て書簡中に記載）。一見して明らかなように、二行書き、三行書きになっており、夭折の友の叙情スタイルを更新、より啄木調風の鎮魂歌を詠んだことがわかる。このあとの靖は、啄木調風はもとより短歌そのものを形式論的に昇華し、もう一人の親友＝藤井寿雄の三行詩「カチリ／石英の音。／秋が来た。」（「学友会々報」第三〇号）が暗示となって、いわゆる詩的ポエジィーの領域へと移行。啄木調風詠嘆期の終了となっている。（処女詩集『北国』の「あとがき」によると、靖は自分を詩に結びつけたのが、この藤井の短詩であったとある。その際、記憶の中にあった当該の詩型が「秋。どこかで石英のぶつかる音がしてゐる。」であった。しかし、後日に書いたものの中では、それが「カチリ／石英の音／秋」となっている。）

次の注目点は、小説領域とりわけ自伝的作品系列への取り込みである。第一作の『しろばんば』では、小学五年生の〈洪作〉が、年齢の近い〈蘭子〉が「啄木の歌」を歌うのをきいて感心し、湯ヶ島小学校時代に教師の〈犬飼〉から「東海の小島の磯の…」「函館の青柳町こそ悲しけれ…」を聞かされたことを、臨場感をもって叙白するという物語を紡いでいる。

第二ステップの『夏草冬濤』では、千本浜を散策中の文学仲間のうち、〈藤尾〉が「東海の小島の磯の…」の上の句を、これの下の句を〈金枝〉が朗唱。傍らで聞くだけだった〈洪作〉も、彼らと別れた後で同歌を大声で唱い、少し離れて歩いていた数人の女学生までもが、「やはらかに柳青める…」と唱い続けたとのプロットを組んでいる。そして、三作目の『北の海』でも〈洪作〉との別れを惜しむ仲間の一人〈藤尾〉が、例の浜辺で「しらしらと氷かがやき千鳥なく…」を誦して、一緒にいた〈れい子〉に「いいわね」と言わしめている。半自伝的小説『あすなろ物語』では、「一週間の停学処分の間、鮎太は幾つかの歌を作った。啄木の歌をまねて作った歌だった」とあって、この少年主人公が啄木調に関心を寄せていたことを、かつての自己の趣味性の投影の形で物語っている。

いわば自伝風の主人公〈伊上洪作〉の成長ドラマゆえ、自らの青春を慰撫《いぶ》した海原と砂浜を擁す舞台の設定、そこへと文学趣向の群像を描きだすために寄与せる素材源、それが『一握の砂』であったということも判然となる。ちなみに、長篇『欅《けやき》の木』の中に、伊藤左千夫が「石川啄木なんかもてんぷら中のてんぷらだ」と言ったといって立腹する島木赤彦の回顧談を含めているが、これなども啄木を敬意してのことであったろう。

啄木没後七十年の際には、「啄木のこと」と題して筆を執った（昭和五六・九）。その中で靖は「啄木がもしもっと生きていたら、――この仮定ほど無意味なものはない。〔…〕もしもっと長く生きるなら、おそらくあのようなみずみずしさに濡れた〔…〕〝急ぎ〟を感じるのは私だけであろうか。そしてその〝急ぎ〟のなんと美しいことか。」と述べている。靖の眼差しは、本質を衝いていて温かくもある。

このように追尋したいま、やはり『猟銃』にも、啄木に親しんできたことの痕跡を認め得るように思う。直接ではないのだが、作中に短歌――

いかにしておはすらむものか寄らばもしたかき静謐《しじま》の崩れむものを

の一首がはまっていること、そして、その作者が、手紙を書いた〈みどり〉で、彼女を歌才の人として造型してあったとなる。これなど『猟銃』のディテールに過ぎぬといえども、作品の性質上、やはり留意されるべき側面であるに相違ない。

切礎して身に付けた力量――横溢する教養・アイディアに才能に重ねてストーリーテラーと

の世評をかちえ、疾駆した文業のうちに見え透ける啄木的な要素は、わずかかもしれない。否、たちまち感得し得ぬほどのものになっていっていよう。だが、小説『猟銃』に視点を据えるとき、やはり如上のように直接、もしくは間接的に啄木叙情なるものの気配（素材化）に気づかされるのだ。

靖像定立の背後は豊かで複雑である。

注

（1）〔四頁〕ちなみに『猟銃』の翻訳・移出は、作者の存命中においてだけでも一五種に及ぶ。「ドイツ語・英語・フランス語・ポーランド語・韓国語・ルーマニア語・フィンランド語・スウェーデン語・スペイン語・ポルトガル語・イタリア語・チェコスロバキア語・ロシア語・中国語・マジャール語」（新潮社版『井上靖全集』別巻〈平成一二〉参照）

（2）〔五頁〕フランツ・カフカ（一八八三〜一九二四）は、ユダヤ系ドイツ人作家で、二十世紀文学の最も重要な開拓者のひとりとされる。『審判』は一九二四年頃の作（単行本は死の翌年）。平凡な銀行員ヨーゼフ・Kを主人公とし、理由もなく裁判に巻き込まれ、「犬のように」殺されてしまう。現代人の孤独、不安、絶望、不条理に主題をとり、それを簡潔な文体で追求した長編小説。

（3）〔六頁〕主な情報をジャンル別に簡略化して以下に掲げる。—①〔映画〕…松竹映画「猟銃」（昭和三六）。②〔テレビ〕…KRT（現TBS）「猟銃」（昭和三二）／NET（現テレビ朝日）「猟銃」（昭和三八）／NHK・BS「猟銃」（平成一五）。③〔ラジオ〕…毎日放送「猟銃」（平成三）。④〔舞台〕…ドイツ＝「猟銃」（ミュンヘン・シュトゥットガルト・ウルム・ハノーバー、〜二〇一〇）／フランス＝「猟銃」（アヴィニョン、二〇一〇）／カナダ＝「猟銃」（モントリオール、二〇一一）／日本＝「猟銃」（東京・兵庫・新潟・福岡・名古屋・京都、平成二三／この順序で再演、平成二八）。⑤〔舞踊〕…「猟銃」（橘弥生第一回発表会、昭和二八）。⑥〔イリュージョン〕…「猟銃」（松山・劇団イリュージョン主催、平成二五）。⑦〔座談会〕…「作者を囲む『猟銃』座談会」（ホノルル、一九六七）。

（4）〔七頁〕小説『猟銃』が雑誌「文学界」に載ることが決まった時点で、靖は、その喜びを湯ヶ島の親族に宛てた手紙の中で、次のように綴っている（『靖伝』に取り組むなかで石川静子氏・藤池都子氏に伺った）。

「猟銃」が「文学界」の九月号に掲ることがはつきりと決定しました。「苦楽」予定でしたが、佐藤春夫氏、大佛次郎氏等の尽力で「文学界」で特別に僕を売り出させるために、特集してくれるさうです。「苦楽」は読物雑誌ですが「文学界」は、純文学の雑誌の最高峰で、僕としてはまさに夢のやうな話で、第二作（注『闘牛』）をも予約してくれました。

「猟銃」は読んでくれた人たちの間で全部大好評で、「文学界」では、太宰治の「斜陽」以上の傑作だとまでいはれ、呆然としました。僕としては一生のうちで、いまが一番幸福な時ではないかと思つてゐます。

（5）〔八頁〕散文詩「佐藤春夫先生の耳」は、雑誌「文芸」昭和三十九年七月号に載った。全体は以下の通りである。

佐藤先生の耳は大きかった。対《む》かい合って坐ると、まず耳が立ちはだかって来た。どうしても音声を聞き分ける普通の人間の耳とは思えなかった。拒否の意思と表情を持つ何ものかであった。古い銅鉾《どうほこ》の如くであったり、出土の盾の如くであったりした。先生が亡くなられた夜、白布をとり死面を拝したが、耳だけがいつもよりもっと厳しく生きているように見えた。私は口から出す言葉を選んで行った。一つ一つ撰り分けて行くと何も残らなかった。落合の火葬場で、私は博物館にある爬虫類の骨格のようなものとして先生が現れて来るのを待っていたが、やがて細かになった骨片が赤い輝きをもって引き出されて来た。輝きは瞬時にして消えた。私は先生の耳の骨を探した。私はそれらしい骨片を長い箸《はし》でつまんだ。堀口大學氏がそれに箸を重ねられた。桜貝に似た形の小さい骨片であった。桜貝は幽《かす》かな音を立てて壺に収まった。佐藤先生の耳はこの世からその形を消した。

第三詩集『運河』（昭和四二・六）に収まる。若い頃から親しんでいたフランスの作家、ジャン・コクトー（一八八九〜一九六三）の二行詩「耳」にヒントを得、これの訳者堀口大學と骨を拾い合ったということで想がはずみ、このような叙情を組んだとなる。ちなみに堀口大學の訳詩集『月下の一群』（第一書房、大正一四）に収まるコクトーの「耳」の訳は、「私の耳は貝のから／海の響をなつかしむ」となっている。

（6）〔一九頁〕第一詩集『北国』（昭和三三・三）の巻頭部に、「猟銃」と題した作品が収められているが、小説『猟銃』中の詩「猟銃」とは似て非なるものとなっている。その詩集作品では、第一連が「なぜかその中年男は村人の顰蹙《ひんしゅく》を買い、彼に集る不評判は／子供の私の耳にさえも入っていた。／〔…〕それから二十余年、その人はとうに故人になったが」とあって、子供の頃の見聞をもとにしての現在の感懐となっている。小説中の詩とは設定の時間軸が違っている。ちなみに、この詩集作品は、詩誌「詩文化」(昭和二三・一〇)に載り、その末尾に「二三・五・三〇」と創作年月日の記載があるので、当然、小説『猟銃』よりも数か月後の成立であったことがわかる。初めに詩と物語の構想を得、それをもとに詩を書き、小説を組み上げたこと。そして、小説の発表に手間取った結果、活字化が同じ月に、加筆後の新叙情として詩壇へと送り出した、ということが判然となる。

(7)〔三九頁〕〈薔子〉は手紙の最後部で、「私がまだ小さかった頃、母さんはよく、悪魔に魅入られて一匹の小兎を騙《だま》した狼の話をなさいました。その狼は兎を騙した罪によって石になって仕舞ったのでした。母さんは私を騙し〔…〕世の中全部の人を騙し、ああ、何と言う事でしょう。どんな怖ろしい悪魔に魅入られた事でありましょう」と認め、逝ってしまった母を糾弾している。これも〈彩子〉と〈穣介〉の間の愛情の悲しさを強調するための伏線としてでもあるので、そのように告白する〈薔子〉を理解する上での留意点でもある。

なお、そのようにつづられていく文面の末尾に、「西宮の聖天《しょうでん》さんの縁日」に買ってもらった「硝子の玉の中に嵌め込まれた赤い造花の花ビラの卦算《けさん》」の、その中の「凍りついている花ビラ」に感情を覚えた話が添えられている。これには、また別の物語の種を宿す。すなわち、後日の短篇『氷の下』(昭和二七・三)における十一歳の〈貞代〉の作文——父親と若い愛人の心中遺体が、冬の諏訪湖の《氷の下》で顔を上にして固まり収まっている（氷詰め情態にある）という切ない連想にして、教師も扱いに苦慮せる異様譚がそれである。

（8）〔四一頁〕父親である〈門田礼一郎〉との別れの件。これは〈門田〉の不倫事件の犠牲者である〈薔子〉が、母〈彩子〉の「日記」を焼却前に読んで知り得た結果、《自分が五歳の時、若い女が「お父さん〔門田〕とその女の人との間に出来た子供〔間もなく死亡〕」を抱いて現れたことが原因で、母が私を連れて家を出、父との縁が切れた》と手紙にある、母が娘にしかと伝えていなかった親子間の非共有情報である。ちなみに、先行作品との類縁性に立ち入るならば、靖の受容を確認できないが、エドゥワード・エストーニエの『孤独』（一九一七）に類縁部があるように思う。作中人物〈シャンペル〉と、彼が若き日にパリで同棲した女、そして別れたあとで彼女が産んだ女児（女は出産後死亡）という三者の宿命的な関係は、若き日の〈門田―女（狂女）―女児〉という三角構図に似ている。むろんその後の展開が別個であり、ここではかくなる類縁の指摘にとどまる。

（9）〔六二頁〕ながく日本を離れて暮らす日系の有志、とりわけ女性たちが寄り合って日本文学作品を語り合う読書会。一九六七年八月三日、リーダーの川島みち氏宅で開かれた同会には、ホノルルに滞在中の井上靖夫妻が参加した。で、当代の文豪の来宅とあって川島氏は、画家にして読書会の一員である安部島保子氏に頼み、彼女のハワイ画壇展特選作「海」（五〇号）を応接間に飾ってもらった。このような準備の甲斐があって、座がなごみ、同絵画に話題がおよぶと、真剣に向き合った靖は、さりげなく所見を語った。掲出のコメントである。

（10）〔六八頁〕中部義隆氏は、この「紅白梅図屛風」絵について、次のように解説している。

V字形に屈曲する枝が全体のバランスの中心であり、左右の流水と太い幹によって均衡を図る。右上部に伸びる枝が、汀《みぎわ》の線と対称の関係にある曲線を描き、V字形の枝は、その奥に添えられたほぼ相似形を反転した小枝に受けられる。さらに、独立した緊密な構成を保つ両隻は流水によってつながれ、見事な対照効果によって、一双形式としてのより高次の均衡に至る。二次平面上の均衡にもとづく画面構成と三次元的な空間の幻影が巧みに融合している。

（『日本美の精華―琳派』〈平成六、朝日新聞社文化企画局大阪企画部編・発行〉所収「琳派の絵画空間」より）

（11）〔六九頁〕ブラマンクの「雪景」絵の風景に収束をみる〈三杉〉の内面を、本人の共感語でもある「白い河床」の謎として解き得たいま、彼の内なる心情は、例えば『源氏物語』の「幻」の巻における、主人公〈光源氏〉の心情にも重なるかのように映る。この古典文学のヒーローは、「我宿は花もてはやす人もなし何にか春のたづね来つらん」と歌った。（歌意は、愛妻〈紫の上〉が他界したので、私の家には花を観賞する人もいない。それなのにどうして〈蛍兵部卿宮〉が訪ねてきたのであろうか。なんの風情もないのに。）――このような歌柄だが、主題となる「我宿…

なし」の上三句は、帰宅する〈三杉〉の内面世界を縁《ふち》取る。〈光源氏〉の心情に補助線を引くと、その線分上で〈三杉〉の心情が見え透ける。（このようなことを靖が考慮していたかどうかはわからない。）絵画の補完によるストーリーの濃密な帰結は、限りなく幻想的である。

(12)〔八七頁〕靖は、小説『猟銃』を発表後、短篇『人妻』を「都新聞」昭和二十五年四月十九日号に発表した。長さは詩「猟銃」ほどで、去って行った人妻に対する未練心を扱ったショート・ショート。当時の靖にとって不倫問題が、一つの作材として継続していたことを窺わせるものである。

(13)〔九二頁〕雑誌「世界文学」は、昭和二十一年四月に京都の世界文学社から創刊された。その第二号（五月号）に桑原武夫と吉村正一との間で交わさしあった書簡体エッセイが載っているが、桑原武夫の文章のどこにも「イプセンの『人形の家』」に関する言及がない。（以後の当該範囲内＝同年十一月・十二月合併号までの間に、桑原の寄稿文は載っていない。）靖が「美術断想」（昭和二一・一二）で言っているのは、彼が桑原の文意を汲むなどしての走筆であったと知れる。

なお、同誌の十月号（昭和二一・一〇）に、仏文学者の小松清が、かつてフランスに滞在した当時の文化情報だとして、友人の新庄義章に宛てた書簡（一九三八年八月下旬発信）の控え内容を、「ポンチニイの僧院」と題して寄稿している。内容は、①フランスのロット県のサン・シールラ・ポンチニイの僧院における伝統行事＝ヨーロッパ各国の著明な思想家・哲学者・作家たちが集まり、幾日も宿泊して「座談会」を行っていること。②本年（一九三八）夏のテーマが「孤独」で、適宜に集まった人たちが熱心に語り合っていたこと。③「ヨーロッパ人にあっては孤独の思想が意想外に根を下ろし〔…〕彼らの生活の一つの大きな支柱とすらなって〔…〕ヨーロッパ人の世界の根柢をなしている」こと。④「孤独」のテーマは、日本人にとっても自覚すべき重要事項であるが、「ニュアンスとしてしか持ってゐない人間の多い日本人は三思三考せねばならぬ」こと。以上が報告と所見の骨子となっている。—如上を勘案するに、あるいは『猟銃』のモチーフである「孤独」のアイディアとも、無関係ではないのかもしれない。前記の「座談会」が終わった後のパーティでは「シャブリの白」(ブルゴーニュ地方のシャブリ産白ワイン)で盛りあがったともある。

(14)〔一〇六頁〕明治末期の詩壇の第一人者となった北原白秋は、第二詩集『思ひ出』(明治四四)刊行直後、不倫関係にあった人妻俊子の夫松下某から、刑法第一八三条の「姦通罪」で訴えられ、約二週間、獄舎で過ごした。(実弟の奔走により金を払って無罪放免となったあとは、離縁された俊子を入籍・離別、三浦三崎へと都落ちなどと波乱が続く。三十代以降は、如上のすべてが肥やしとなっての、魂を響かせる作風へと向かっている)。

一方、有島武郎の場合は、大正文壇の第一線にあって盤石かに見えたが、思想的な動揺と、結核で妻安子を失って困ってしまい、結局、担当記者として出入りしている婦人雑誌社の波多野秋子と深い関係に陥った。ために彼女の夫から、訴えない代わりに大金の要求があったが、それを断り、二人して軽井沢の有島の別荘浄月庵で情死した。

井上靖 略年譜

明治四十年（一九〇七）

五月六日、北海道石狩国上川郡旭川町第二区三条十六番地ノ二号（現・旭川市春光町二区六条）の第七師団官舎に、二等軍医井上隼雄・やゑ（八重）の長男として生れる。代々医系で、母と入婿の父が、曽祖父の代に妾から井上家に入ったかの（旧姓・庄田）の養子となっていたので、宿縁をなす祖母かのとは血脈を欠く。

明治四十一年（一九〇八）　一歳

五月、父が連隊付きで朝鮮へと出動、これにより母と湯ヶ島の家に移る。以後、父の任地の都合によって育つ環境が変っていく。

明治四十三年（一九一〇）　三歳

この頃、静岡に在住。九月、母の身重により湯ヶ島に移され、母屋の裏の土蔵で暮す祖母かのの溺愛を受けはじめる。三十日、妹静子生れる。

明治四十五年・大正元年（一九一二）　五歳

七月、父の豊橋転任により一時的に祖母かのに託され、そのまま湯ヶ島の生活に定着する。

大正二年（一九一三）　六歳

年末頃、就学にそなえて豊橋の両親の許へと行ったが馴染まず、再び祖母かのとの土蔵生活に戻る。

大正三年（一九一四）　七歳

四月、湯ヶ島尋常小学校に入学（叔母まさも同時入学、校長は父方の伯父石渡秀雄）。六月七日、弟達生れる。十月～十二月、叔母まちが代用教員として同校の四年生を受け持つ。

大正六年（一九一七）　十歳

三月、父の任地移動により湯ヶ島の自家母屋へと移った母・妹弟との暮しとなったが、土蔵に戻ることが多く、母を嘆かせる。四月、妹静子も湯ヶ島尋常小学校に入学。

大正八年（一九一九）　十二歳
二月三日、叔母まち死去（23歳）。

大正九年（一九二〇）　十三歳
一月二十九日、祖母かの死去（64歳）。2月、父の任地の浜松尋常高等小学校（現・元城小学校）に転校。三月、県立浜松中学校（現・浜松北高校）の受験に失敗。四月、浜松師範学校付属小学校高等科一年に入学。

大正十年（一九二一）　十四歳
三月一日、妹波満子生れる。四月、県立浜松中学校に入学、級長となる。

大正十一年（一九二二）　十五歳
一月、県下七中学校の優等生を集めた学力奨励試験で一等賞をとる。三月、父の台北転勤により家族そろって三島大社裏の民家へと移る。四月、県立沼津中学校（現・沼津東高校）二年に転入。

大正十二年（一九二三）　十六歳
四月、母・弟達・妹波満子が台北の父のもとへと去り、借家を変え、三島の高等女学校に入学した妹静子と共に母方の祖父母に世話される。

大正十三年（一九二四）　十七歳
四月、三島大社前の間宮家（父方の伯母宅）に下宿。夏休みに台北へ旅行。この頃から校内の文学グループと交わる。

大正十四年（一九二五）　十八歳
三月、山形高等学校を受験して失敗。四月、沼津市内の妙覚寺に下宿。二学期より寄宿舎生活となるが、間もなく騒動に巻き込まれて退寮。近くの農家の離れに移り、教師の監視下で過ごす。

大正十五年・昭和元年（一九二六）　十九歳
三月、沼津中学校を卒業。静岡高等学校の受験に失敗。沼津に留って浪人生活に入り、夏に台北へと移るが、父の転勤で家族と共に金沢市に移動。受験勉強に励む。

昭和二年（一九二七）　二十歳

四月、金沢の第四高等学校理科甲類に入学、柔道部に入る。月末に猛火で罹災（金沢大火）。この年、徴兵検査で甲種合格。猶予手続きを怠り招集の可能性が生じたが、籤逃れとなる。

昭和三年（一九二八）　二十一歳

五月、済南事件の余波で静岡三十四連隊に召集されるも即日帰郷となる。七月、京都の武徳殿で開催の全国官公立高等学校・専門学校柔道選手権大会中部地区大会に出場。終了後、縁戚の足立文太郎宅にて長女ふみと初めて会う。十二月、父の転勤により市内桜畠の大塚忠明宅に下宿する。

昭和四年（一九二九）　二十二歳

二月、高岡の同人誌「日本海詩人」に井上泰の筆名で詩「冬の来る日」を発表。以後、福田正夫主宰の「焰」を含めて漸次発表の場を拡げて行く。すでに校内外がラジカルな思想で荒れるなか、三月、柔道部の主将となるが統率が効かず、間もなく三年部員と共に退部、心に深い傷を負う。六月、柔道初段（石川県柔道連盟推薦、六月二十九日講道館認定）。

昭和五年（一九三〇）　二十三歳

第四高等学校を卒業。四月、九州帝国大学法文学部英文科に入学。三ヵ月ほどで授業に興味を欠いて上京。豊島区駒込の植木屋鈴木方の二階に下宿して、内外の文学書を濫読。九月、「焰」に発表の詩「母へ」で実名を用いる。十月十五日、九大を退学（理由は「家事の都合」）。十二月、弘前の白戸郁之助らと同人誌「文学abc」創刊、詩「或る男」などを発表。

昭和六年（一九三一）　二十四歳

三月、父隼雄が軍医監（少将）に昇任して退職、郷里の湯ヶ島に退隠。この年、福田正夫、辻潤、萩原朔太郎らと出会う。

昭和七年（一九三二）　二十五歳

一月、平林初之助の探偵小説『謎の女』の未完を受け、同題の短篇を冬木荒之介の筆名で雑誌「新青年」の懸賞欄に応募入選、三月号に載る。二月、上海事変の余波で再び第三十四連隊入りとなるが、半月で召集解除となる。四月、京都帝国大学文学部哲学科（美学美術史専攻）に入学。七月、詩「渇」を「焔」に発表。これにより散文詩体に移る。

昭和八年（一九三三）　二十六歳

一月、フランスの無声映画「ラ・ルー」を翻案、漢字カタカナ詩「餓死」「途上」を「焔」に、四月、同「手相」を「日本詩壇」に発表。九月、「サンデー毎日」の懸賞欄に沢木信乃の筆名で応募の短篇『三原山晴天』が選外佳作となり、十一月一日号に載る。

昭和九年（一九三四）　二十七歳

三月、「サンデー毎日」の懸賞欄に沢木信乃の筆名で応募の短篇『初恋物語』が入選、四月一日号に載る。四月、学生身分のまま新興キネマ社に入社（脚本部に所属）、以後、東京にも部屋を借りて適宜に行き来する。

昭和十年（一九三五）　二十八歳

七月、戯曲『明治の月』を「新劇団」に発表。九月、哲学科の高安敬義らと詩誌「聖餐」を創刊し、詩七篇を発表。「サンデー毎日」の懸賞欄に実名で応募の短篇『紅荘の悪魔たち』が入選、十月二十七日号に載る。十一月二十四日、足立ふみと結婚、左京区吉田浄土寺に新居を構える。

昭和十一年（一九三六）　二十九歳

三月、京都帝国大学を卒業。四月、「聖餐」第三号を発行して終刊。七月、「サンデー毎日」の懸賞欄に応募の短篇『流転』が時代物一席となり、第一回千葉亀雄賞を受賞。月末に新興キネマ社を退社。八月、大阪毎日新聞社に入社。十月、西宮市に転居。同月十一日、長女幾世生れる。

昭和十二年（一九三七）　三十歳

一月、『流転』を「サンデー毎日」に連載（～二月、七回）。九月、日中戦争に応召して名古屋野砲兵第三連隊補充隊に入隊、中国北部へと従軍するが、十一月、病んで野戦病院へと送られる。

昭和十三年（一九三八）　三十一歳
一月、内地送還となり、三月、除隊。四月、大阪府茨木町に転居。学芸部に復職して宗教・美術欄を担当する。十月十六日、次女加代生れるも六日後死去。

昭和十五年（一九四〇）　三十三歳
十二月十五日、長男修一生れる。この年、安西冬衛、竹中郁、小野十三郎、杉山一平、野間宏、伊東静雄らの詩人と交わる。

昭和十七年（一九四二）　三十五歳
六月、京都帝国大学大学院に籍を置き、ヨーロッパ美術史・理論に関する書物の翻訳を目指す（翌年十二月まで在籍）。

昭和十八年（一九四三）　三十六歳
四月、社内整理部の浦上五六と『現代先覚者伝』を浦井靖六の名で刊行。十月二十九日、次男卓也生れる。

昭和二十年（一九四五）　三十八歳
四月一日、岳父足立文太郎死去（79歳）。五月二十五日、次女佳子生れる。六月、家族を鳥取県日野郡福栄村神福（現・日南町神福）に疎開させる。八月十五日、終戦記事「玉音ラジオに拝して」を書く。（以後、社内が占領軍の新聞政策と、報道機関としての戦争責任・民主化・新生再建の問題で緊張）。十二月、家族を妻の実家足立家に引き揚げさせ、いつも通りに大阪の茨木から通勤。

昭和二十一年（一九四六）　三十九歳
一月、社内の改革により文化部副部長に。新デスクとして文化・文学を視座する立場にたち、休止中の本因坊戦の復活に動くとともに、桑原武夫の評論「第二芸術―現代俳句について―」に着目、紙面上での論争化を準備。この年、詩作再開。密かに小説領域への進出態勢に入る。

昭和二十二年（一九四七）　四十歳
一月、新聞の文化欄を「俳句は芸術なりや」で括り、山口誓子と桑原武夫の各文章を並べ収めてリード文を書く。その波紋下、夕刊新大阪社に移った友人小谷正一から同社の企画事業＝闘牛大会の情報提供を受け、二月から三月にかけて小説『闘牛』を執筆、井上承也の筆名で雑誌「人間」に送るが選外佳作。八月、家族を湯ヶ島の両親のもとへと移す。この年、詩作盛行。

昭和二十三年（一九四八）　四十一歳

一月、かねて純粋に小説の要素だけで組み立てたいとした新ロマン『猟銃』を脱稿、井上承也の筆名で雑誌「人間」へと送るが選外佳作。四月、東京本社の出版部書籍副部長として単身上京、葛飾区奥戸の妙法寺に下宿。

昭和二十四年（一九四九）　四十二歳

十月、小説『猟銃』を「文学界」に発表。十二月、『闘牛』を「文学界」に、『通夜の客』を「別冊文藝春秋」に発表。品川区大井森前町に転居し、郷里から家族を呼び寄せる。

昭和二十五年（一九五〇）　四十三歳

二月、『猟銃』と共に候補に上がった『闘牛』によって第二十二回芥川賞を受賞。三月、『比良のシャクナゲ』を「文学界」に、四月、『漆胡樽』を「新潮」に発表。五月、『その人の名は言えない』を「夕刊新大阪」に連載（～九月、一四三回）。七月、『黯い潮』を「文藝春秋」に連載（～一〇月、四回）。

昭和二十六年（一九五一）　四十四歳

四月、『利休の死』を「オール読物」に発表。五月、毎日新聞社を退社。八月、『玉碗記』を「文藝春秋」に発表。『戦国無頼』を「サンデー毎日」に連載（～二七・三、二七回）十月、『ある偽作者の生涯』を「新潮」に発表。

昭和二十七年（一九五二）　四十五歳

一月、『青衣の人』を「婦人画報」に連載（～一二月、一二回）。十一月、『風と雲と砦』を「読売新聞」夕刊に連載（～二八・四、一五〇回）。

昭和二十八年（一九五三）　四十六歳

一月、『あすなろ物語』を「オール読物」に連載（～六月、六回）。四月、『昨日と明日の間』を「週刊朝日」に連載（～二九・一、三五回）。九月、『戦国城砦群』を「日本経済新聞」夕刊他に連載（～二九・三、一五九回）。十月、『風林火山』を「小説新潮」に連載（～二九・一二、一五回）。

十二月、『グウドル氏の手套』を「別冊文藝春秋」に発表。
品川区大井滝王子町に転居。

昭和二十九年（一九五四）　四十七歳

三月、『あした来る人』を「朝日新聞」に連載（〜一一月、二二〇回）。『信松女記』を「群像」に、『僧行賀の涙』を「中央公論」に発表。十一月、『魔の季節』を「サンデー毎日」に連載（〜三〇・七、三七回）。

昭和三十年（一九五五）　四十八歳

一月、『姥捨』を「文藝春秋」に発表。七月、『川の話』を「世界」に発表。八月、『淀殿日記』（のち「淀どの日記」）を「別冊文藝春秋」に連載（〜三五・三、二五回）。『真田軍記』を「小説新潮」に連載（〜一一月、四回）。九月、『満ちて来る潮』を「毎日新聞」に連載（〜三一・五、二四三回）。十月、『黒い蝶』（書き下ろし）を新潮社刊。

昭和三十一年（一九五六）　四十九歳

一月、『射程』を「新潮」に連載（〜一二月、一二回）。四月、『蘆』を「群像」に発表。八月、『白い炎』を「週刊新潮」に連載（〜三二・二、二六回）。十月、『孤猿』を「文藝春秋」に発表。十一月、『氷壁』を「朝日新聞」に連載（〜三二・八、二七〇回）。

昭和三十二年（一九五七）　五十歳

三月、『天平の甍』を「中央公論」に連載（〜八月、六回）。九月、『地図にない島』を「北国新聞」他に連載（〜三三・七、二九四回）。十月、『海峡』を「週刊読売」に連載（〜三三・五、二八回）。『揺れる首飾り』を「主婦と生活」に連載（〜三三・一一、一四回）。『ある女の死』を「小説新潮」に発表。十一月、世田谷区世田谷へ転居。

昭和三十三年（一九五八）　五十一歳

一月、『朱い門』を「文学界」に連載（〜一二月、一二回）。『波濤』を「日本」に連載（〜三四・三、一五回）。二月、『天平の甍』により芸術選奨文部大臣賞受賞。三月、『満月』を「中央公論」に発表。四月、『ある落日』を「読売新聞」に連載（〜三四・二、三一〇回）。五月、『花のある岩場』を「新潮」に発表。七月、『楼蘭』を「文藝春秋」に発表。
この年、独訳『猟銃』出る。

昭和三十四年（一九五九）　五十二歳
一月、『敦煌』を「群像」に連載（〜五月、五回）。二月、『氷壁』等の成果により日本芸術院賞を受賞。四月、『群舞』を「サンデー毎日」に連載（〜一一月、三三回）。五月十日、父隼雄死去（79歳）。十月、『蒼き狼』を「文藝春秋」に連載（〜三五・七、一〇回）。『渦』を「朝日新聞」に連載（〜三五・八、三一〇回）。十二月、『傾ける海』を「週刊文春」に連載（〜三五・七、三一回）。

昭和三十五年（一九六〇）　五十三歳
一月、『しろばんば』を「主婦の友」に連載（〜三七・一二、三六回）。『敦煌』『楼蘭』により毎日芸術大賞を受賞。五月、自伝「私の自己形成史」を「日本」に連載（〜一一月、七回）。七月、毎日新聞社の派遣でローマ・オリンピックを取材、欧米各地を巡って十一月末に帰国。

昭和三十六年（一九六一）　五十四歳
一月、『崖』を「東京新聞」夕刊に連載（〜三七・七、五一七回）。『蒼き狼』をめぐって大岡昇平との間に論争起こる。八月、『狼災記』を「新潮」に発表。十月、『憂愁平野』を「週刊朝日」に連載（〜三七・一一、六一回）。『補陀落渡海記』を「群像」に発表。十一月、『小磐梯』を「新潮」に発表。十二月、『淀どの日記』により第十四回野間文芸賞を受賞。この年、仏訳『猟銃』、英訳『猟銃』出る。

昭和三十七年（一九六二）　五十五歳
七月、『城砦』を「毎日新聞」に連載（〜三八・六、三五二回）。

昭和三十八年（一九六三）　五十六歳
二月、『楊貴妃伝』を「婦人公論」に連載（〜四〇・五、二八回）。五月、『盛装』を「読売新聞」に連載（〜三九・五、三五五回）。八月、『風濤』第一部を、十月、第二部を「群像」に発表。

昭和三十九年（一九六四）　五十七歳
一月、日本芸術院会員となる（終身）。二月、『風濤』により第十五回読売文学賞を受賞。六月、『花の下にて』（のち「花の下」）を「群像」に発表。九月、『夏草冬濤』を

「産経新聞」に連載（〜四〇・九、三五〇回）。十月、『後白河院』を「展望」に連載（四〇・一一、六回）。この年、イタリア語訳『闘牛・猟銃・比良のシャクナゲ』出る。

昭和四十年（一九六五）　五十八歳

十一月、『化石』を「朝日新聞」に連載（〜四一・一二、四〇九回）。

昭和四十一年（一九六六）　五十九歳

一月、『わだつみ』第一部を「世界」に連載（〜四三・一、二五回）。『おろしや国酔夢譚』を「文藝春秋」に連載（〜四三・五、二五回）。この年、ポーランド語訳『猟銃』、韓国語訳『猟銃』出る。

昭和四十二年（一九六七）　六十歳

六月、『夜の声』を「毎日新聞」に連載（〜一一月、一五三回）。六月、ハワイ大学の夏期セミナーに招かれ、五回講義（題目＝谷崎潤一郎論・芥川龍之介論・島崎藤村論・森鷗外論・夏目漱石論）。滞在中に日系プレスクラブ月例会で講演、映画「猟銃」座談会、婦人の読書会に参加。八月末に帰国。

昭和四十三年（一九六八）　六十一歳

一月、『額田女王』を「サンデー毎日」に連載（〜四四・三、六二回）。十月、『西域物語』を「朝日新聞」日曜版に連載（〜四四・三、二二回）。十二月、『北の海』を「東京新聞」他に連載（〜四四・一一、三四〇回）。

昭和四十四年（一九六九）　六十二歳

一月、『わだつみ』第二部を「世界」に連載（〜四六・二、二六回）。四月、『おろしや国酔夢譚』により第一回日本文学大賞を受賞。七月、『聖者』を「海」に発表。八月、『月の光』を「群像」に発表。この年、ルーマニア語訳『猟銃』出る。

昭和四十五年（一九七〇）　六十三歳

一月、『欅の木』を「日本経済新聞」に連載（〜八月、二二四回）。『風』を「文藝春秋」に発表。二月、『鬼の話』を「新潮」に発表。六月、『桃李記』を「すばる」に発表。九月、『四角な船』を「読売新聞」に連載（〜四六・五、二三九回)。十二月、『壺』を「中央公論」に発表。

昭和四十六年(一九七一)　六十四歳
五月、『星と祭』を「朝日新聞」に連載(〜四七・四、三三三回)。六月、『道』を「新潮」に発表。

昭和四十七年(一九七二)　六十五歳
九月、『幼き日のこと』を「毎日新聞」夕刊に連載(〜四八・一、一一二回)。十月、『わだつみ』第三部を「世界」に連載(〜五〇・一二、三七回、以後中断)。

昭和四十八年(一九七三)　六十六歳
十月、美術随想「天平彫刻十選」を「日本経済新聞」に連載(〜一〇回)。十一月二十二日、母やゑ死去(88歳)。

昭和四十九年(一九七四)　六十七歳
一月、紀行「アレキサンダーの道」を「文藝春秋」に連載(〜五〇・六、一八回)。五月、『雪の面』を「群像」に発表。随筆「一期一会」(のち「わが一期一会」)を「毎日新聞」日曜版に連載(〜五〇・一、三九回)。

昭和五十年(一九七五)　六十八歳
七月、『花壇』を「秋田魁新報」他に連載(〜五一・二、二一一回)。

昭和五十一年(一九七六)　六十九歳
六月、鼎談「わが文学の軌跡」(聞き手、辻邦生・篠田一士)を「海」に掲載。十一月、文化勲章を受章。この年、韓国語訳『猟銃』出る。

昭和五十二年(一九七七)　七十歳
三月、天城湯ケ島町の名誉町民に推挙される。十一月、『流沙』を「毎日新聞」に連載(〜五四・四、五一五回)。

昭和五十三年(一九七八)　七十一歳
一月、紀行「私の西域紀行」を「文藝春秋」に連載(〜五六・一二、四二回)。この年、チェコスロバキア語訳『猟銃・通夜の客・闘牛』出る。

昭和五十四年(一九七九)　七十二歳

二月、紀行「クシャーン王朝と遺跡の旅」(のち「クシャーン王朝の跡を訪ねて」)を「潮」に連載(五五・一一、一二二回)。

昭和五十五年(一九八〇)　七十三歳

三月、『石濤』を「新潮」に発表。十一月、NHKシルクロード取材班と共に第二十八回菊池寛賞を受賞。この年、ノーベル文学賞候補として名前が上がり、以後、しばらく同様の現象が続く。この年、フィンランド語訳『猟銃』出る。

昭和五十六年(一九八一)　七十四歳

一月、『本覚坊遺文』を「群像」に連載(~八月、六回)。五月、日本ペンクラブ会長に就任。

昭和五十七年(一九八二)　七十五歳

五月、『本覚坊遺文』により第十四回日本文学大賞を受賞。十月、世田谷区の名誉区民に推挙される。この年、スウェーデン語訳『猟銃』、ロシア語訳『猟銃・闘牛・比良のシャクナゲ』出る。

昭和五十八年(一九八三)　七十六歳

六月、『異国の星』を「日本経済新聞」に連載(~五九・三、二九八回)。七月、沼津市の名誉市民に推挙される。

昭和五十九年(一九八四)　七十七歳

五月、第四十七回国際ペンクラブ東京大会の運営委員長を務める。

昭和六十年(一九八五)　七十八歳

一月、「長年にわたる文学上の業績と国際文化交流への貢献」により朝日新聞社の朝日賞を受賞。この年、中国語訳『猟銃・闘牛』出る。

昭和六十一年(一九八六)　七十九歳

四月、北京大学より名誉博士号を受ける。九月、築地の国立がんセンターに入院、食道癌の手術を受ける。この年、マジャール語訳『猟銃・比良のシャクナゲ・補陀落渡海記』出る。

昭和六十二年(一九八七)　八十歳

六月、『孔子』を「新潮」に連載（～平成元・五、二四回）。

昭和六十三年（一九八八）　八十一歳
一月、宮中歌会始に召人として出席。この年、スペイン語訳『猟銃』、ポルトガル語訳『猟銃』出る。

昭和六十四年・平成元年（一九八九）　八十二歳
十二月、『孔子』により第四十二回野間文芸賞を受賞。

平成二年（一九九〇）　八十三歳
九月、旭川へ出張（生地を詠んだ詩「ナナカマドの赤い実のランプ」篆刻碑の除幕式に出席・講演）。

平成三年（一九九一）　八十四歳
一月二十九日夜十時十五分、急性肺炎のため入院中の国立がんセンターにて死去。二月二十日、青山斎場にて告別式。戒名「峰雲院文華法徳日靖居士」。遺作として三月、詩「病床日誌」が「すばる」に、四月、随筆「負函」（未完）が「新潮」に掲載される。

＊

平成九年（一九九七）　没後六年
この年、ギリシャ語訳『猟銃』出る。

平成二十四年（二〇一二）　没後二十一年
東京世田谷の自宅の書斎・応接間（蔵書等を含む）が旭川の井上靖記念館に移築され、五月より一般公開となる。

あとがき

井上靖が逝いて二十六年。それまでの八十四年にわたる人生の起点から数えると生誕百十年。——かくなるタイミングにちなみ、彼の文壇デビュー作である『猟銃』を読み解いておかねば、との思いから本書を仕上げた。ささやかではあるが記念の出版として、天界の作者を寿ぎ、本作品のいっそうの敷衍につながればと希っている。

書名は、本章の内容をふまえたものであり、各章とも過去に書いたものを用いず、新らたに書き起こした。すでにたくさんの先行文献があるが、ここでは管見に入ったかぎりの諸説を多少とも離れて、自分なりの読み解きに徹することにつとめた。付章のうち「ハワイにおける『猟銃』座談会」は、前著『井上靖の小説世界—ストーリーテラーの原風景—』（勉誠社、平成二六）に収めた中からの抄出で、これを受けての所見は新稿。「桑原武夫の『第二芸術』論をスクープ化して論争に点火」も新稿である。最後の「石川啄木との近接・受容の紋様」は、角川の「短歌」（平成七・四）に寄せたものによった。

平素お力添えくださっている多くの方々、また、井上修一氏ご夫妻の温かい雰囲気に敬意し、大空社出版の西田和子氏・鈴木信男氏・山田健一氏のご芳情に感謝したい。

著者

藤澤　全（ふじさわ　まとし）

1937年北海道生まれ。日本大学卒。米国イリノイ大学留学（客員研究員）。元日本大学教授（国際関係学部・大学院、大学院総合社会情報研究科兼坦）。日本近現代文学・比較文学専攻。日本ペンクラブ会員。博士（国際関係）。

主な著書：『啄木哀果とその時代』（桜楓社1983）、『日系文学の研究—Japanese Immigrant-Emigrant Literature』（大学教育社1985）、伝記『若き日の井上靖研究』（三省堂1993）、*Comparative Studies of Yasushi Inoue and Others*（西武出版2001）、『言語文化の諸相—近代文学』（大空社2004）、編著『井上靖—グローバルな認識』（大空社2005）、『詩人井上靖—若き日の叙情と文学の原点』（角川学芸出版2010）、『井上靖の小説世界—ストーリーテラーの原風景』（勉誠社2014）などがある。

井上靖『猟銃』の世界

詩と物語の融合絵巻

発行　2017年4月23日　初版

著者　藤澤　全

発行者　鈴木信男

発行所　大空社出版㈱

〒114-0032　東京都北区中十条4-3-2

電話 03-5963-4451　FAX 03-5963-4461

万一、落丁・乱丁の場合はお取り替えいたします。

ISBN978-4-908926-04-4 C0095　定価（本体1,600円＋税）